유학

Studying Abroad

유학(Studying Abroad)

발행일	2020년 9월 4일			
지은이	신재동			
펴낸이	손형국			
펴낸곳	(주)북랩			
편집인	선일영	편집	정두철, 최승헌, 윤성아, 이예지, 최예원	
디자인	이현수, 한수희, 김민하, 김윤주, 허지혜	제작	박기성, 황동현, 구성우, 권태련	
마케팅	김회란, 박진관, 장은별			
출판등록	2004. 12. 1(제2012-000051호)			
주소	서울특별시 금천구 가산디지털 1로 168, 우림라이온스밸리 B동 B113~114호, C동 B101호			
홈페이지	www.book.co.kr			
전화번호	(02)2026-5777	팩스	(02)2026-5747	
ISBN	979-11-6539-356-4 03810 (종이책)	979-11-6539-357-1 05810 (전자책)		

이 도서의 국립중앙도서관 출판예정도서목록(CIP)은 서지정보유통지원시스템 홈페이지(http://seoji.nl.go.kr)와
국가자료공동목록시스템(http://www.nl.go.kr/kolisnet)에서 이용하실 수 있습니다.
(CIP제어번호: CIP2020037156)

유학

Studying Abroad

신 재 동
소 설 집

북랩 book Lab

차례

코로나19 팬데믹

Corona19 Pandemic

멀리 샌프란시스코 공항 활주로를 내려다본다. 이륙 활주로 세 곳과 착륙 활주로 두 선이 쉴 틈 없이 바쁘다. 2~3분에 한 대씩 차고 오른다. 아니, 두 대가 동시에 날아오른다. 각도를 달리한 착륙 활주로에 줄줄이 내려앉는 거대한 동체가 깃털처럼 가벼워 보인다. 차가운 아침 공기를 가르며 서울발 대한항공 비행기가 천천히 내려오고 있었다.

이국에서 대한항공을 보면 내 가족을 만난 듯 반갑다. 하늘색 기체가 착륙하는 내내 나의 눈길을 사로잡았다. 대한항공이 곧 고국이고, 고국은 언제나 그리운 노스탤지어다. 가고 또 가도 그립기만 한 곳….

비행장이 한눈에 보이는 언덕진 공원 주차장에서 대한항공을 기다렸다. 차에 앉아 앞 유리를 통해 착륙 활주로에 다가서는 비행기를 하나하나 주시했다. 그토록 그리던 남편은 KE 023편으로 돌아온다고 했다. 스마트폰이 작동하는지 다시 한번 확인하고 고이 접어 옆자리에 놓아둔다. 남편은 입국 수속을 마치고 수화물 담은 카트를 밀면서 픽업 존으로 나올 것이다. 그리고 내게 "It's ready."라고 문자 메시지를 날리겠지. 문자를 받는 순간 두근거리는 마음으로 부지런히 그이를 픽업하러 달려가야지.

언제부터였던가. 우리의 만남은 공항 로비에서 기다리는 대신 비행장 근처 공원에서 대기하다가 문자를 받으면 곧바로 달려가 픽업하는 방식으로 바뀌어 있었다. 남편은 한국 국적 회복 신청을 하기 위해 한국에 나가 여섯 달도 넘게 홀로 지내다가 돌아오는 길이다.

오랜만에 만나는 남편은 어딘가 수척해 보였다. 혼자서 해 먹는 게 부실해서였을 거라고 짐작했다. 여행 가방을 차에 싣고 렉서스 SUV를 몰아 280고속도로에 올라섰다. 일요일 아침이어서 그런지 차량이 별로 없다. 텅 빈 고속도로에서 속력을 높여도 달린다는 느낌이 오지 않았다.

무료함을 깨려고 어젯밤 제임스가 집에 들렀다는 이야기를 꺼냈다.

2층 서재에서 글을 쓰다가 목이 말라 주스라도 한 잔 마실까 해서 내려갔다. 한참 늦은 저녁이라 밖이 어두웠다. 불을 켜고 부엌으로 들어서려는데 돌 벨이 울린다. '누굴까?' 하는 의문이 들면서 고개가 절로 갸웃거렸다. 현관으로 다가가 문을 열었다. 뜻밖에도 큰 조카 제임스다. 언니의 아들인데 고등학교를 졸업한 이후로는 제임스의 소식은 언니를 통해서만 들었지, 직접 만나 보기는 오늘이 처음이다. 너무 오래돼서 조카의 모습은 잊고 살았다. 어울리지 않는 콧수염을 기른 게 생뚱맞아 보였다. 반갑기도 하고 당혹스럽기도 했지만, 웃으면서 들어오라고 했다. 제임스를 애로만 기억하고 있었는데 오늘 내 앞에 나타난 제임스는 의젓한 중년의 모습이다.

  제임스는 혼자가 아니다. 젊은 여자와 같이 왔다. 지나가는 길에 들렀다고 하면서 성큼 발을 들여놓았다. 제임스는 수잔을 소개해 주면서 와이프라고 했다. 결혼했다는 말을 들어본 적이 없는데 와이프라니? 황당하게 들렸지만, 내색은 하지 않았다.

  오랜만에 만난 것도 그렇고, 갑자기 와이프라고 소개해 주는 바람에 조금은 어색하고 얼떨떨했다. 얼떨떨한 건 처음 만나서가 아니라 우리와는 종족이 다른 새까만 피부의 여자였기 때문이다. 머릿결이 곱슬머리가 아닌 것으로 보아 아프리카 출신은 아닌 것 같고, 어쩌면 인도나 스리랑카 출신일지도 모른다고 짐작했다. 나는 미국에서 오래 산 여자다. 인종 차별처럼 들리는 대화는 금물이라는 걸 알기에 대놓고 묻지는 않았다.

　제임스는 성큼성큼 안으로 들어서더니 불이 환하게 밝혀진 부엌 싱크대 앞에 섰다. 수잔도 따라 들어왔다. 마침 싱크대에는 엊그제 LA에서 있었던 문학 공모전 시상식에서 받아온 상패가 투명한 비닐봉지에 싸인 상태 그대로 놓여있었다. 남편이 오면 보여주기 위해 끄르지도 않은 것이다.

　― 이게 뭐예요?

　제임스가 의아한 표정으로 상패를 집어 들었다.

　― 『미주한국일보』 문예 공모전? 이걸 누가 받은 거예요?

　제임스가 상패에 쓰인 내용을 읽어 내려갔다.

　― 이모가 받은 거라고요?

　믿기지 않는다는 듯 뜨아한 표정으로 내 얼굴을 쳐다본다.

　― 이모가 소설을 쓴다고요? 소설은 어려운 건데….

제임스는 중학교 때 부모를 따라서 미국에 이민 왔으니 한국말도 잘하고 한글도 읽을 줄 안다. 입가에 미소를 띠며 고개를 갸웃거리던 제임스가 급하다면서 화장실로 달려갔다. 나는 웃으면서 수잔을 바라보았다. 제임스보다 열댓 살은 어려 보였다.

— *이리로 들어와 앉아요.*

패밀리룸으로 들어서면서 가죽 소파를 가리켰다. 나는 소파와 기역 자로 놓인 러브 시트에 앉으며 수잔과 얼굴을 마주했다. '무언가 말을 해야 서먹서먹한 분위기에서 벗어날 텐데…' 하는 생각이 들었다. 아무 생각 없이 떠오르는 대로 말했다.

— *그래, 아이는 언제 낳을 생각이에요?*

안 했으면 좋았을 말이 나도 모르게 툭 튀어나왔다. 말을 해 놓고도 곧 후회했다. 젊은 애들이 제일 듣기 싫어하는 말이 "결혼 언제 할 거냐?", "애는 언제 낳을 거냐?"라는 말이라는 게 떠올랐기 때문이다.

수잔은 잠시 입가에 미소를 짓더니 머뭇거렸다.

— *안 낳을 거예요.*

또렷하게 딱 잘라 말한다. 당혹스럽게도 들렸지만, 너무 당당한 표정이어서 더는 묻지 않았다. 하지만 '조카는 사십 중반인데…' 하는 생각이 머리에서 맴돌았다. 제임스가 돌아오지 않았다면 자리는 매우 불편했을 것이다.

— 세인트 프랜시스 병원 응급실에서 근무하기로 했어요.

이미 언니한테 들어서 알고 있는 사실을 제임스가 되뇐다. 세인트 프랜시스 병원은 샌프란시스코 다운타운에 있는 유서 깊은 병원이다.

— 퍼시픽 하이츠에 새로 집을 사서 이사 왔어요. 한번 놀러 오세요.

이 말도 언니에게 들어서 이미 알고 있었다.

— 그래, 알았다. 시간 나는 대로 가 보마.

— 이모부는 어디 갔어요?

— 어~ 한국에 나갔어. 내일 돌아올 거야.

제임스는 어두운 뒷마당으로 나가 둘러보는 꼴이, 지가 어렸을 때 즐겨 놀던 농구대를 찾는 것 같았다. 잠시 후 문을 열고 들어서던 제임스가 말했다.

— 농구대가 없네요.

— 그거 치워 버린 지가 언젠데….

제임스는 수잔더러 이제 돌아가자면서 손을 잡아 일으켰다.

— 우리 집에서 멀지 않으니까 자주 들를게요.

둘이서 미소를 지으며 한마디 남기고 가버렸다. 갑자기 찾아온 이유가 새로 집을 사서 이사 온 걸 자랑하고 싶어서 들른 것 같았다.

장시간 여행에 지쳐 피곤해 보이는 남편은 오래간만에 듣는 제임스의 소식을 반가워했다.

— 잘됐네. 좋은 병원에서 근무하게 됐고, 좋은 동네에 큰 집도 사고. 가까운 곳에 살게 되었으니 참 잘된 거야.

*

한 달 반 전에 중국 우한에서 코로나바이러스가 나타났다는 뉴스가 TV 화면을 장식했다. 시민의 절반이나 되는 오백만 명이 우한시를 빠져나가 각처로 도망갔다는 뉴스에 어안이 벙벙했다. 허둥지둥 보따리를 싸들고 도망가는 사람들이 머릿속에 그려졌기 때문이다.

얼마 후에는 한국에 우한 코로나바이러스가 상륙했다면서 잘 대처하고 있다고 하더니, 신천지 교회인가, 구천지인가가 나타나 대구를 중심으로 경상도에 코로나 확진자가 속출했다. 그 후로 무서울 정도로 확진자가 늘어났다.

남편은 겁이 많은 사람이다. 한국에서 코로나바이러스가 걷잡을 수 없이 퍼져나가자 부랴부랴 집으로 돌아왔다. 그때까지만 해도 미국은 안전한 줄 알았다. 아무려면 코로나바이러스가 먼 태평양을 온전히 건널 수 있을까? 내 딴에는 태평양만 믿고 태평했다. 그러나 바이러스가 사람이고 사람이 바이러스인 줄은 몰랐다.

이웃에서 사는 아홉 살 먹은 손주 녀석이 한국에서 돌아온 할아버지가 보고 싶다면서 집에 들렀다. 말은 그렇게 하지만, 실은 할아버지가 사 온 선물이 궁금해서 온 것이다. 떡하니 마스크를 하고 왔다.

— *웬일이냐, 마스크를 다 하고?*

반갑기도 하고 귀엽기도 해서 웃으면서 말을 걸었다. 자기가 감기에 걸렸는데 할머니, 할아버지가 고령이어서 전염될까 봐 마스크를 했단다. 엄마는 젊어서 집에서는 마스크를 할 필요 없다며 으스댄다. 듣고 보니 고맙기도 하고 기특하기도 했다. 저런 과학 지식을 어디서 배웠을까? 똑똑한 지 엄마가 가르쳐 주었을 것이다.

나는 슬며시 남편 옆구리를 쿡 찌르며 2층으로 올

라가라고 눈짓을 했다. 아무리 손주 녀석이 마스크를 썼다 해도 감기를 할아버지에게 옮기는 건 싫다. 더군다나 남편은 고혈압에 기관지가 약한데 코로나바이러스가 횡횡하는 시기에 가벼운 감기라도 걸려서는 안 된다.

할아버지가 사 온 선물인 스파이더맨을 손주에게 건네주었다. 손주를 보고도 보듬어 안아주지도 못했다. 손주 녀석을 보내고 뉴스가 궁금해서 TV를 켜려고 리모컨을 잡으려다가 멈칫했다. 손주가 만지던 리모컨을 그냥 집어 든다면? 리모컨을 냅킨으로 싸서 들었다. 웃음이 절로 나온다. 나도 어렸을 때 감기에 시달리면서도 외할머니와 같이 살았는데….

오늘 나는 왜 이리 덜떨어지게 놀지?

코로나바이러스가 어떤 병인지에 관해서 보여 주는 TV 프로그램이 나왔다. 예전에는 없던, 갑자기 나타난 새로운 이 바이러스는 어디에서 왔는지, 왜 왔는지 아무도 모른다. 아무것도 모르면서 우선 당하고 보는 거다. 예전에도 그랬듯이 당하면서 배우고 알게 될 것이다. 스페인 독감, 홍콩 독감, 사스 등 모든 유행병이 그랬다. 각국에서 경쟁적으로 코로나바이러스 백신이며 치료제를 연구 개발하고 있으니 머지않아 좋은 결과가 나올 것이라면서, "사람이 얼마나 스마트한데…" 하는 코멘트로 끝을 맺었다.

하지만 백신이 나오기 전까지는 코로나바이러스에 의한 희생자가 있을 것이다. 누가 희생자가 될지는 아무도 모른다. 모두 내가 아니기를 바랄 뿐이다. 하다못해 살 만큼 산 노인도 내가 아니기를 바라는 마음은 스무 살 먹은 젊은이와 다를 바 없다.

'나 아니면 너인 마당에, 내가 아니기를 바란다는 것이 죄인가?' 하는 생각이 들었다.

*

제임스가 세인트 프랜시스 병원 응급실에서 근무한다는 이야기는 언니를 통해 들어서 알고 있었다. 같이 사는 여자는 방글라데시 출신으로서 간호사라고 했다. 흑인은 아니라고 했지만, 내가 보기에 흑인보다 피부가 더 까맣고 반들거렸다. 피부가 까맣다 보니 웃을 때마다 드러나는 앞니가 희다 못해 푸른 기가 돌았다.

언니는 같이 사는 여자가 여자친구라고 했는데, 제

임스에게 직접 들어보면 결혼 신고까지 한 와이프란다. 제임스는 아이 때부터 엉뚱한 짓을 잘했다. 엉뚱하면 서도 약삭빠르기로는 꿩의 병아리다. 엉뚱한 건 언니 가 더했다. 언니는 어려서부터 자기 자신만 아는 이기 주의자라고나 할까? 하여간에 못돼먹었다. "못돼먹었 다."라는 말은 엄마가 늘 하던 말이다. 자기 옷은 손도 못 대게 하면서 내 옷은 자기 옷처럼 입고 다녔다. 구겨 진 내 옷은 구석에 처박아 놓고 자기 옷만 살짝 다리는 얌체 중의 얌체다.

아들 제임스가 이민 오기 전에 한국에서 초등학교에 다닐 때도 언니의 치맛바람으로 쭉 반장을 했다는 걸 자랑이라고 떠벌리며 다녔다. 미국에 와서 제임스가 의 과 대학에 갈 때도 언니가 앞장서서 한국인 목사님을 찾아다니면서 거짓 봉사 활동을 했다는 추천서를 받 아 제출하기도 했다. 심지어 한의사를 졸라 의료실에서 재활 도우미로 대학 3년 내내 봉사했다는 가짜 인턴십 확인서까지 만들었다.

제임스는 제 엄마를 신기하도록 닮았다. 남들보다 오래 걸리기는 했어도 늦게나마 의사 면허증도 땄다. 의사라면 병원에 취직해서 안정된 생활을 유지하는 것으로 알고 있는데 제임스는 그렇지 않았다. 진득하게 한 병원에서 근무하지 못하고 이 병원에서 잠깐, 저 병원에서 잠깐 하는 식으로 전전하면서 십 년이 흘렀다. 이번에는 가까운 세인트 프랜시스 병원 응급실에서 일하기로 했다면서 응급실 담당의는 보수가 많다고 자랑스럽게 말했다. 거기에다가 수잔은 정식 RN(Registered Nurse) 간호사다.

— 둘이서 돈을 얼마나 잘 버는지 아니, 너?

언니는 자랑하고 싶어서 입이 근질근질해 못 참겠다는 듯 그칠 줄 모르고 떠들었다.

*

따스한 봄볕이 듬뿍 내리쬐는 뒷마당 텃밭에서 남편은 흙을 주무르며 좋아했다. 묵은 뿌리를 걷어내고 굳은 흙을 뒤집었다. 닭똥을 세 포대나 사다가 섞었다. 작년에 심었던 채소는 올해도 똑같이 심었지만, 심을 때마다 새롭다. 채소 기르는 게 취미인 남편은 유기농을 먹는다는 자부심도 강했다. 가지는 모종을 사다 심고, 호박, 상추, 시금치는 씨를 뿌렸다. 텃밭이 보기에 가지런한 게 제법 그럴듯하다. 남편은 뭘 해도 솜씨 나게 꾸미는 데는 소질이 있는 사람이다.

남편이 뒷마당에 서 있으니 평화와 질서까지 돌아온 것처럼 사람 사는 집 같다. 보름째 되는 날이었다. 아침에 자리에서 일어나지 못했다. 갑자기 몸에서 열이 나고 기운이 없어서 일어날 수 없단다. 나는 글 쓰던 게 남아 있어서 서재에서 따로 잤다. 일어나자마자 마스터 베드룸으로 건너갔다. 아닌 게 아니라, 남편의 내의가 땀에 흠뻑 젖어 있다. 고것도 일이라고, 텃밭 좀 가꾸더니 몸살이 있나 했다. 그러면서도 한편으론 의구심이 들었다. 설마 하는 마음과 몸살이겠지 하는 마음이 동시에 떠올랐다. 은근히 겁이 나는 것도 어쩔 수 없었다.

코로나바이러스 감염 환자가 워싱턴주 시애틀 근교 요양원에서 발생했고 그중에 9명이 사망했다는 뉴스를 들었기 때문이다. 시기가 시기인지라 만에 하나 코로나바이러스가 남편에게 침입했다면 어쩌나 하는 걱정이 앞섰다.

오후가 지나도록 남편은 아무것도 먹지 못했다. 입맛이 없어서 먹을 수 없단다. 나는 우유라도 마시라고 했으나 남편은 우유는 마시지 않고 수박 주스만 겨우 마셨다. 빈속에 해열제 타이레놀을 먹어서는 안 될 것 같아서 흰죽을 끓여 죽과 양념간장을 가져갔다.

그게 3월 말이었다. 남편의 열이 수그러들 기미를 보이지 않아 심란하고 두려워서 못 견딜 것 같았다. 내버려 두었다가는 큰일 날 것 같아서 주치의에게 전화를 걸었으나 며칠만 더 기다려보고 그래도 낫지 않거든 다시 연락하라는 말만 들었다.

밤이면 열이 더했다. 열을 재 보니 화씨 100도가 넘었다. 몸이 불덩이처럼 펄펄 끓었다. 얼음으로 이마를 감싸고 옷을 다 벗겼다. 욕조에 찬물을 가득 채우고 그 속에 들어가 있게도 해 보았지만 열기는 사그라들 기미를 보이지 않았다.

소식을 들은 며느리가 캘리포니아에 내려진 자가 격리령 때문에 직접 들르지는 못하고 KN95 마스크 5장을 택배로 보내왔다. 마스크를 쓰고 생활하란다. 나는 한 번도 마스크를 써 보지 않아서 실제로 써 보니 불편한 게 한둘이 아니었다. 숨쉬기도 편치 않았다. 세상에! 오래 살다 보니 마스크를 쓰고 살아야 하는 세상을 만나다니….

몸이 펄펄 끓는 그이를 더는 보고만 있을 수 없어서 사흘이 되기도 전에 남편을 차에 태우고 병원으로 달려갔다. 주치의는 몇 마디 묻지도 않고 독감 테스트 먼저 했다. 음성으로 나왔다.

— 밤에는 열이 얼마나 오르던가요?

의사가 물었다.

— 100도가 넘었어요. 102도, 103도로 올라갈 때도 있었어요.

나는 엄살이 뚝뚝 떨어지는 어투로 말해 주었다. 의사는 기침과 두통이 없다는 게 이상하다면서도 코로나바이러스 테스트를 해 주었다. 간호사가 큐팁(면봉)을 남편의 코 깊숙이 넣고 휘저은 뒤 샘플을 가져갔다. 샘플을 가져간 다음 무엇인가 좋은 처방을 기대했는데 아무것도 해 주는 건 없었다. 해열제나 먹으면서 푹 쉬라고만 했다. 볼품없는 늙은이가 돼서 푸대접하는 건 아닌가 하는 생각이 들었으나 대놓고 말은 하지 않았다.

남편은 아픈 몸을 이끌고 겨우 집에 돌아와서 끙끙 앓아누웠다. 타이레놀, 비타민C, 감기약만 먹으면서 이제나저제나 병원에서 연락이 오기만을 기다렸다. 아픈 사람보다 옆에서 보고 있는 내가 더 애가 탄다. 하나라도 챙겨 먹이려고 수박 주스에 블랙베리를 섞기도 하고 포도를 섞어 믹서기로 갈기도 했다.

그이는 밤에 잘 때마다 열이 심해서 몇 번이나 땀으로 흠뻑 젖어서 깨곤 했다. 물 마시는 것조차 버거워했다. 제대로 먹지도 못하고 땀만 흘리는 바람에 기력이 다 빠져서 움직이지도 못했다. 먹은 것도 없으면서 뱃속이 울렁거리고 온몸이 녹신녹신 쑤신다고 했다. 음식은 하나도 먹지 못하고 국하고 주스만 간신히 마시고 온종일 침대 위에 누운 채로 지냈다. 죽도 목구멍에 걸려 넘어가지 않았다. 약과 비타민C도 갈아서 가루를 내어 먹였다. 남편은 뼈만 남은 것처럼 말라만 갔고 몸무게가 20파운드나 빠졌다.

집에서 테스트 결과를 기다린 지 거의 일주일이나 돼서야 양성 반응이 나왔다는 통보를 받았다. 양성임에도 불구하고 집에서 격리 생활을 해 달라는 주의사항만 들었다. 기가 막혔다. 사람이 죽어가는데, 선진국이라는 미국에서 치료도 받지 못한다는 게 이해되지 않았다.

아픈 지 보름쯤 지나면서 죽이나 주스, 약같이 가벼운 음식도 먹는 족족 설사를 해 댔다. 설사만 하는 게 아니라 기침도 했다. 기침을 참지 못하고 연거푸 쏟아낸다. 겨우 진정되는가 하면 또다시 기침이 터져 나왔다. 그이는 혼자서는 일어서지도 못하고 겨우 일으켜 세우면 몇 걸음만 걸어도 숨이 차서 화장실에 가지도 못했다.

남편의 코로나19 증상이 심한데도 병원에서 치료조차 해 주지 않는 게 야속했다. 이런 식으로 코로나에 대처하는 게 맞는 건지, 의구심이 가시지 않았다.

LA에서 사는 막내 여동생에게 전화를 걸어서 좀 더 자세히 알아보는 게 낫겠다고 생각했다. 막내는 UCLA 간호학과 교수다. 다짜고짜 남편 이야기부터 털어놓았다.

— *어? 그거 큰일 났네. 코로나바이러스가 고령에는 치명적인데…. 우선 방을 따로 쓰고 언니는 마스크를 써야 해.*

동생은 나를 걱정해서 감염되면 안 된다는 주의부터 주었다. 남편의 증세를 설명해 주고 증상이 이런데도 병원에서 입원시켜 주지 않으니 어쩌면 좋으냐고 물어보았다.

― 병원마다 입원 병동이 부족해서 그래. 산소 호흡기며 장비도 없고, 의료진도 달리고, 지금은 병원마다 다 그래. 그래서 코로나19 환자를 가능하면 집에 머물게 하는 거야. 집에서 버티다가 나면 다행이고, 죽기 전에 입원시키기도 바쁘다니까?

나는 동생의 말을 듣고 '뭐 이런 게 다 있어?' 하는 생각이 들면서 마치 홀대받는 기분이 들었다.

― 얘. 그러면 어떻게 했으면 좋겠니?

― 그럴 경우, 구급차를 불러. 환자를 응급실로 밀고 들어가는 거야. 죽는다고 엄살을 떨어야지, 그냥 있으면 봐주지도 않아.

― 그래? 알았다.

나는 부아가 났다. 불현듯 각오 같은 게 생기면서 이를 꽉 물었다. 전화를 그냥 끊기가 뭐해서 동생네는 어떻게 지내는지 물었다.

― 요새 넌 어떻게 지내니?

― LA도 자가 격리잖아. 학교에도 못 나가고 온라인으로 강의를 해야 해. 처음 해 보는 온라인 강의라서 실수투성이야. 직접 대면하지 못하니까 학생이 정말 알아들었는지 알 수가 있어야지….

— 그래, 다니엘은 잘 지내고?

다니엘은 막내 여동생의 아들이다.

— 걔는 요새 바빠. 아마 세상에서 제일 바쁠걸? 걔가 지난번에 RN 땄잖아. LA 메모리얼 병원에 환자가 몰려들기 때문에 밤늦게까지 일하다가 집에 오면 차고에서 그날 입었던 옷을 몽땅 벗어서 세탁기에 넣고 돌린대. 알몸으로 샤워하고 나서야 집 안으로 들어선다네. 그렇게 한 지가 벌써 한 달이 넘었어.

— 다니엘이 고생이 많구나. 먹을 거라도 잘 챙겨줘라, 얘.

— 지 와이프가 있는데 내가 챙겨줄 거나 있나, 뭐?

— 그래도 그렇지. 젊은 여자애가 뭘 만들 줄 알겠니. 네가 나서야지.

나는 다니엘이 걱정돼서 한마디 해 줬다.

— 며느리도 바빠. 주말이면 다니엘이 지 와이프를 데리고 봉사하러 간다나 봐.

LA 출신 빈곤 구제 전문가인 한인 2세 앤 이 씨가 유명한 영화배우 숀 펜과 함께 LA시에 무료 코로나19 진단검사 서비스를 제공하는데, 다니엘이 거기에서 봉사 활동을 한다고 했다. LA시에 드라이브 스루 방식의 코로나19 선별진료소를 차려놓고 무료로 증상이 있는 주민들에게 진단검사를 제공하는 것이다. 한국인이라는 정체성이 뚜렷한 다니엘은 와이프와 함께 자원봉사에 나섰다.

LA 메모리얼 병원 중환자실에서 코로나바이러스 감염증 환자들을 돌보며 오후 9시까지 일했다. 방호복을 벗을 수 없어서 점심을 거르고 화장실도 가지 못한 채로 꼬박 6시간 넘게 일했지만, 피곤한 줄 몰랐다.

토요일이라고 해도 마스크를 벗지 않았다. 동포들이 코로나19 검사를 받기 위해 줄을 서서 기다리는 것을 보면 남의 일 같지 않아 보였다. 와이프는 다니엘보다 더 열심이었다. 휴식도 마다하고 동포들을 돕는 와이프의 열정이 다니엘에게는 영양제처럼 느껴졌다.

다니엘이 진국스러운 아이라는 건 알고 있었지만, 희생정신까지 투철하다는 건 몰랐다.

— 다니엘이야말로 죽어서 천당 가겠구나.

— 걔가 어려서부터 가슴이 뜨거웠잖아. 불쌍한 걸 보면 도와주지 못해서 잠을 못 잤다니까? 그것보다도, 빨리 앰뷸런스 불러. 병원에 가서 나 죽겠다고 아우성치란 말이야.

— 그래, 알았다. 전화 끊자.

*

　남편을 병원에 입원시키려면 아무래도 응급실로 가야 할 것이어서 제임스에게 미리 연락해 놓으면 알아서 이모부를 잘 챙겨주겠지 하는 생각이 들었다. 제임스는 전화를 받지 않았다. 신호는 가는데 받지 않는 것으로 봐서 바쁜 모양이다. 이번에는 직접 병원 리셉션 데스크로 전화를 걸었다. 안내양이 전화를 받는다.

　― *닥터 제임스 리를 부탁합니다.*

　잠시 조용한 것으로 봐서 제임스를 찾고 있다는 느낌이 들었다. 다시 나타난 안내양이 차분한 목소리로 대답을 들려준다.

　― *닥터 리는 2주 전에 퇴직했습니다.*

　나는 안내양의 말을 잘못 들었나 하고 내 귀를 의심했다. 엊그제까지만 해도 좋은 직장이라고 내게 자랑했는데, 그만두다니? 나는 안내양이 잘못 알고 있는 것 같아서 다시 물었다.

　― *아니, 취직한 지 얼마 되지 않았는데 그만두다니요? 한 번 더 알아봐 주세요.*

　다시 주문했지만, 안내양의 말투는 단호했다. 어디

로 갔는지 알 수 없다고 했다.

의구심도 들고 답답하기도 했지만, 조급한 때라 나중에 알아보기로 하고 급한 대로 남편이 갈아입을 내의를 비닐봉지에 담았다. 그리고 앰뷸런스를 불렀다.

마스크에 투명 안면 가리개를 쓰고 일회용 비닐 보호 복장으로 무장한 젊은 구급요원 둘이서 집 안으로 들어섰다. 남편을 들것에 눕히고 흔들리지 않게 위아래 두 곳을 단단히 조였다. 몸무게가 빠질 대로 빠진 남편을 가볍게 들고 나가는 모습을 지켜보면서 측은하다는 생각이 들었다. 눈물이 핑 돌았다. 앰뷸런스는 먼저 달리고 나는 차를 몰아 뒤따랐다.

응급실에 들어서자 보호복을 입은 의료진들이 곧바로 남편이 누워 있는 응급 침대를 밀폐된 병실로 밀고 들어갔다. 임시 병동이라고 했다. 의료진들은 남편을 지렁이 보듯 대하면서 만지고 싶어 하지도 않는 눈치였다. 아내인 내가 가까이에서 남편과 이야기를 나눌 기회도 주지 않았다. 기가 막혔다. 지금까지 나는 남편 곁에서 지냈는데, 여태까지 나 몰라라 하던 병원이 갑자기 야단법석을 피우다니? 나는 입원 서류를 작성하고 기다렸다. 어느 병동으로 들어가는지 확인하고 싶었다. 입원실이 비지 않아 기다려야 한다고 했다. 점심을 걸렀는데도 배고픈 줄도 몰랐다. 자그마치 8시간을 기다린 다음 오후 늦게야 비로소 입원이 성사되었다. 그나마 입원이 되었다는 게 다행이라고 생각했다. 나중에 알게 된 사실이지만 누군가 죽어서 나가는 자리를 기다리느라고 늦었단다.

밤늦게 텅 빈 집 문을 열고 들어서는데 그동안 누워 지내던 남편 냄새가 집 안에 가득했다. 공기를 갈아치울 생각으로 창문을 활짝 열었다. 시원한 밤공기가 파도처럼 밀려왔고 쓸쓸한 적막감도 함께 몰려왔다.

날이 밝자 남편을 방문하러 가면서 잠옷과 슬리퍼, 면도기를 챙겼다. 남편은 이미 단단한 문이 잠긴 병실에 고립되어 있어서 얼굴조차 보지 못했다. 환자 면회가 금지되어 있어서 간호사에게 전해달라며 비닐봉지를 건네주었다. 이럴 때 제임스는 어디 간 거야? 그의 전화번호를 아무리 눌러도 받지 않았다.

언니에게 전화를 걸었다. 남편이 세인트 프랜시스 병원에 입원했다는 말부터 꺼냈다. 언니는 세상 돌아가는 소식에 깜깜한 듯 무슨 병이라도 났느냐고 묻는다.

― 그게 아니라 코로나에 걸렸단 말이야.

― 코로나? 그거 무서운 전염병이잖아? 같이 지냈다면서 넌
   안 걸렸니?

참 답답하다는 느낌을 받았다.

― 사람이 죽어 가는데, 한가한 이야기 나눌 시간이 어디 있
   어? 제임스가 병원 응급실에 없다던데 어디 갔어?

언니는 내가 묻는 말에는 대답도 하지 않고 엉뚱한
말만 한다.

― 얘, 너 빨리 체크해 봐. 네 나이에 걸리면 살아남기 힘들다
   더라.

― 그게 아니고, 제임스에게 부탁할 게 있어서 그래. 걔 어디
   있어? 전화번호라도 가르쳐줘.

― 글쎄. 나도 모르겠다. 어디 있는지. 얼마 전에 병원 일 그만
   두고, 집도 헐값에 팔아치웠다더라. 수잔과 함께 남태평양
   피지 아일랜드로 간다고 했어. 지금쯤 거기서 지내겠지….

― 의사며 간호사가 모자라서 난리인데 피지 아일랜드로 피신
   했다고?

나는 기가 막혀서 입이 딱 벌어졌다.

― 그게 뭐 이상하니? 걔네들도 사람인데 살고 봐야지, 안 그
   러니? 얘, 네가 몰라서 그렇지, 응급실이 얼마나 위험한 곳

인데. 빨리 그만두기를 잘했지….

나는 맥이 탁 풀렸다. 하루에도 수백 명씩 죽어 가는데, 의사라는 사람이, 간호사라는 사람이 남쪽 따뜻한 남태평양 섬나라로 피신 가다니. '이게 어디 사람이 할 짓이냐? 꼴값을 떠는구나!' 하는 생각이 들었다. 그냥 듣고 넘기기엔 속이 뒤틀려서 참을 수가 없기에 한마디 해 주었다.

— 휴양지로는 타히티가 유명하다던데 왜 하필 거지 같은 피지야?

비꼬는 투로 입이 씰룩이는 걸 보여 주지 못하는 게 아쉬웠다.

— 내가 아니? 피지가 저렴하다더라. 피지에 섬이 삼백 개가 넘는데, 비티레부라나? 뭐 그런 섬인데 거긴 더 싸고 좋다더라.

더는 이야기해 봤자 시간 낭비일 것 같아서 전화를 끊어버렸다.

환자 방문 시간은 정해져 있었다. 오전 11시~12시, 오후 3시~4시 사이에만 환자를 볼 수 있다. 나는 매일 하루에 두 차례씩 남편을 보러 갔다. 면회라고 해 봐야 고작 창문 너머로 병실에 누워 있는 남편을 바라보는 것이 전부였다. 비닐 호스 두 줄이 남편에게 이어져 있는 것으로 보아 그 줄을 통해서 영양을 공급받는 것처럼 보였다. 나는 간호사더러 남편한테 전해달라고 부탁하면서 스피커폰으로 돌려놓은 핸드폰을 건네주었다. 남편은 핸드폰을 받을 때면 늘 스피커폰으로 받곤했었다. 핸드폰도 들어 올릴 기력이 없어서 베개 머리맡에 놓았다. 남편에게 핸드폰이 전해지면서 그나마 몇 마디 말이라도 나눌 수 있었다.

— *여보. 좀 어때요? 낫는 것 같아? 힘들어? 힘들어도 참고 이*
  겨내야 해요. 힘내.

남편은 누운 채로 겨우 고개를 돌리고 눈만 껌벅이고 있었다. 그러더니 가늘고 힘없는 목소리로 겨우 한마디 했다.

— *무서워…*

*

코로나바이러스 사태로 매일 새로운 뉴스가 폭발적으로 쏟아져 나왔다. 뉴스도 뉴스 나름이지, 남편과 나 같은 고령자에게는 목숨이 걸린 뉴스인 만큼 신경을 안 쓸 수가 없었다. 코로나19 확진자 현황에 관심을 두게 된 것도 그래서였다. 오늘은 몇 명이 걸렸나. 몇 명이 죽었나. 한국은 어떤가. 이탈리아에선 몇 명이 더 발생했고, 몇 명이 죽었나. 뉴욕은 어떤가 하는 차트를 훑어보는 게 일상이 되었다. 훑어볼 때마다 느끼는 거지만, 기분 좋은 소식은 한 번도 듣지 못했다.

코로나바이러스에 감염된 환자를 치료할 수 있는 약이나 의료 시스템이 없어서 트럼프 대통령이나 캘리포니아 주지사나 우왕좌왕하는 모습이 역력해 보였다. 트럼프 대통령은 치료 약 개발을 서두를 뿐 다른 대책은 못 내놓고, 뉴섬 캘리포니아 주지사는 자가 격리를 강조하면서 전염병에 걸리지 말아 달라고 부탁만 했다. 누구의 스피치를 들어봐도 딱히 석연한 답은 나오지 않았다.

이런 모습을 보면서 한국은 전염병에 관한 한 정말 잘 대처하고 있다는 생각이 들었다. 한국은 코로나바이러스에 상대적으로 안전한 나라다. 한국에서 코로나19 전염병에 걸리면 죽을 확률이 1.5%에 불과한데, 이탈리아에서 걸리면 8.5%로 껑충 뛴다. 미국 뉴욕은 확률이 더 높다.

TV를 보면서 꾸역꾸역 아침을 먹는데 다니엘한테서 전화가 왔다. 검지로 휴대폰 화면에 나이키 로고를 그렸다.

— 이모부는 잘 치료받고 있어요?

— 그래. 병원에 입원했어.

— 이모는 테스트 결과 받았어요?

— 천만다행으로 음성이라더라. 그런데 이모부 말이다. 내가 흰죽이라도 끓여 줬으면 좋겠는데 접근을 못 하게 하니 어쩌면 좋겠니?

— 규정상 전염병 환자는 격리해야 하기 때문이에요.

— 그이는 한식을 먹어야 하는데 한식은 안 주고 양식밖에 더 있겠니?

— 지금은 생명 연장이 문제이지, 음식 같은 건 다음이에요.

그러면서 다니엘은 자기가 근무하는 LA 메모리얼 병원의 상황을 알려 주었다. 코로나 사태를 겪으면서 다니엘은 간호사로 일한 지 얼마 되지 않았음에도 불구하고 중환자실로 근무처를 옮겨야 했다. 그만큼 위급하고 심각한 상황에서 인력이 부족했다. 다니엘로서는 힘들기도 하고 보람되기도 했다. 얼마 전까지만 해도 코로나바이러스 확진자가 한두 명 생겼다는 루머가 돌았으나 우리 병원이 어떻게 될지는 상상도 못 했다.

그러나 주일 반 사이에 다섯 개의 중환자실 유닛이 코로나19 환자들을 받기 시작했고, 받기가 무섭게 벌써 꽉 차서 지금 또다시 다른 병실들을 코로나19 환자가 입원할 수 있는 시설로 준비하고 있다.

중환자실에 있는 환자들은 정말 위급한 상황이다. 흔히들 생각하는 것처럼 노인들만 중환자실에 있는 게 아니다. 아무 병력도 없던 30~40대의 젊은 환자들도 위급한 상황에서는 인공호흡기(ventilator)에 의존해야 한다. 그것도 모자라면 ECMO(정맥 동맥 체외 막 산화기) 같은 폐 또는 심장의 역할을 하는 인위적 기계로 생명을 유지한다.

병원은 벌써 간단한 의료 장비들이 모자라기 시작했고 인공호흡기도 동이 났다. 코로나19 환자들이 이 짧은 기간 내에 병실 안에서 놀라운 속도로 늘어나고 있었다. 늘어나는 숫자만큼 일은 고되고 바쁘다. 이런 추세라면, 이탈리아처럼 의사들이 환자 중에 누구에게 소생의 기회를 주느냐 결정하는 날이 얼마 남지 않은 것 같았다.

정말 전쟁터 같다. 환자들은 무서운 속도로 급증하

고, 그냥 아픈 정도가 아니라 정말 위중한 환자들이 많았다. 그나마 지금 이 상황은 아직 우리가 예상하는 최악에서 먼 시점이다. 급격히 늘어가는 감염자들을 보면서 앞으로 한두 달 후엔 얼마나 더 상황이 안 좋고 충격적일지, 생각만 해도 너무 두렵고 겁난다고 다니엘이 말했다.

나는 다니엘이 근무하는 LA 메모리얼 병원의 상황을 듣고서 그만 등골에 전율을 느꼈다. 어쩌면 남편이 병을 이겨내지 못할지도 모른다는 불길한 생각마저 들었다.

*

남편이 병원에 입원한 지, 보름째 되는 날이다. 그이는 중환자실에서도 복도 끝에 있는 병실로 옮겼고 방에는 유리문이 겹겹으로 닫혀 있었다. 첫 번째 문 뒤에서 의료진은 얼굴 보호막과 보호 장비로 바꿔 입었다. 두 번째 문 뒤에 환자인 남편이 누워 있었다. 산소 호흡기가 그이의 얼굴을 감싸고 투명 플라스틱 줄이 얼기설기 뻗어 있었다. 언뜻 보기에도 위중함을 알 수 있었다. 입원이 늦어진 게 치명적일 거라는 생각이 들었다.

나는 간호사에게 환자와 핸드폰으로 말이라도 하게 해 달라고 부탁했다. 스피커폰으로 돌려놓은 핸드폰을 간호사가 남편 베개 머리맡에 놓았다.

— *여보, 사랑해. 내가 사랑하는 거 알지? 힘내. 힘내야 이겨낼 수 있어. 빨리 일어나야 집에 오지.*

그이는 아무 대답이 없다. 내가 하는 말을 들었는지, 어땠는지 표정이 변하지도 않는다. 그러던 남편이 겨우 뭐라고 했다. 옆에 서 있던 간호사가 고개를 숙여 귀를 그이의 얼굴에 대다시피 하고서야 알아듣는 것 같았다. 간호사가 그이의 말을 들려준다.

— *집에 가고 싶어….*

나는 눈물이 핑 돌았다. 울음을 억지로 참으면서 말하려 했으나 말이 되지 않았다. 겨우 한마디 했다.

— *사랑해, 많이….*

복도 끝에서 면회 시간이 다 지나도록 서서 힘들어하는 남편을 지켜보았다. 딸은 이미 한 번 다녀갔기 때문에 아들에게만 아빠의 위중함을 알렸다. 아들은 토요일에 며느리와 함께 방문했다. 우리는 두 개의 유리문을 통해서 침대에 누워 있는 남편을 볼 수 있었다.

그이는 고개를 돌려 우리를 보았다. 열댓 발짝 벌어진 간격을 사이에 두고 아들은 엄지손가락을 치켜세워 보였다. 힘내라는 표시였다. 그리고 수화로 하트를 그려 보였다. 남편은 아들을 알아보았는지, 어땠는지 알 수 없었다.

그리고 다음 날, 그다음 날도 나는 남편을 보러 병원으로 출근했다. 사흘째 되던 날 나는 남편을 보고 깜짝 놀랐다. 그이는 산소 호흡기를 사용하고 있었는데 인공호흡기로 교체되었기 때문이다. 나는 간호사에게 따지듯이 물어보았다. 매사에 사무적인 간호사는 환자가 스스로 숨을 쉬지 못해서 장비를 바꿨다고 했다. 스스로 숨을 쉬지 못하다니? 하늘이 무너지는 것 같았다. 무섭고 떨렸다.

*

5월인데 자고 일어났더니 비가 내린다. 비가 와도 조금이 아니다. 나는 캘리포니아에서 반세기를 살았어도 5월에 이렇게 많은 비가 오는 건 처음 보았다. 2층 서재에서 창문을 열고 뒷마당을 내려다보았다. 뒷마당 텃밭에 남편이 심어놓은 어린 채소들이 비를 맞으며 좋아한다.

우산을 쓰고 나가 보았다. 상추, 가지, 호박, 부추 그리고 시금치가 하늘에서 내리는 비 한 번 맞고 모두 좋아서 해맑은 표정을 짓는다. 남편이 발병하기 전에 심어놓은 채소가 많이 자랐다. 직접 길러 먹자던 채소다. 채소는 먹음직스럽게 쑥쑥 자라는데, 정작 먹을 사람은 없다.

남편 면회하러 가려면 아직 3시간이나 남았다. 나는 아침을 먹고 갈 준비를 하려고 부엌으로 들어서는데 전화가 울린다. 화면에 뜬 번호가 병원이었다. 가슴이 철렁 내려앉았다.

— *헬… 로….*

떨리는 목소리로 말을 꺼내면서도 불길한 느낌이 엄습해 왔다.

— **세인트 프랜시스 병원인데요, 환자분 부인 되시지요?**

환자분이 심폐소생술을 하고 있단다. 심폐소생술이라니? 그렇다면 심장이 멎었다는 말이 아닌가? 나는 까무러칠 것처럼 놀라서 주저앉고 말았다. 수화기를 놓쳤는데 어디로 굴러떨어졌는지 알 수 없었다. 허둥지둥

빗속을 달려 병원으로 향했다.

안내 요원은 면회 시간이 아니어서 병실 방문이 허용되지 않는다고 가로막았다. 그러나 이것은 '삶의 종말'이 아니냐고 간청했다. 듣고 보니 사정이 딱해 보였는지 내 이마에 체온을 스캔해 보고 들여보낸다.

유리문을 통해 침대에 누워 있는 남편과 의료진의 허둥대는 모습이 보였다. 남편과 이야기를 나눌 수도 없고, 남편 손을 잡을 수도 없다는 냉혹한 현실에 가슴이 저며 왔다. 두 눈에 눈물이 주르르 흘러내렸다. 입술을 깨물었다. 남편과 같이 산 40년 세월이 이렇게 허망하게 끝나다니….

진작에 이럴 줄 알았다면 차라리 집에서 죽게 내버려 둘 걸 하는 생각이 머리를 스쳐 지나갔다. 한국에서 오지 말라고 할 걸 하는 후회도 일어났다.

유리창 너머로 심장 모니터 화면의 그래프 물결이 느리게 내려가는 장면을 지켜보면서 심장이 찢어지는 것처럼 아팠다.

유학
Studying Abroad

가난한 동네 듀플렉스 2층에 새롭게 둥지를 튼 지 한 달이 좀 넘었다. 듀플렉스라는 게 단독 주택가에 있는 이 층 집인데, 아파트의 구조와 기능을 그대로 본떠 지은 집으로 아래층엔 주인이 살고 2층은 세를 놓는 아파트식 집이다. 각기 출입문이 따로 있어서 주인집 눈치를 볼 일도 없고 내 집처럼 자유로이 드나들 수 있다는 게 마음에 들었다.

낯선 미국에서 아파트에 세 들어 살려면 집주인에게 밉보여서는 안 될 것 같아서 한번 저녁이라도 같이 먹자고 날을 잡아놓았는데, 그날이 오늘이다. 이참에 나의 요리 솜씨도 보여줄 겸 한식을 멋지게 선보이고 싶었다.

주인 부부는 우리보다 열 살은 많아 보였다. 남편 제이슨은 갈색 머리에 갈색 눈동자를 쌍꺼풀이 반달처럼 둘러싸고 있는 게 인상적이고 딱 벌어진 어깨가 믿음이 절로 가는 남자다. 부인 캐서린은 다이어트를 해서 그런지 가냘픈 몸매에 나긋나긋한 목소리가 천생 여자다워 보였다.

이사 오던 날, 짐이 많지는 않았어도 짐 나르는 사람이 나와 앤 단 둘뿐이어서 피곤했다. 밥을 해 먹기도 귀찮아서 저녁은 밖에 나가서 먹으려고 했다.

우리가 처음 시작하는 살림이라는 것을 알고 집주인 제이슨이 저녁은 자기 집에서 같이 먹자고 했다. 나는 미국에 유학 와서 처음 미국인 집에 초대받는 것이 감동스러워 망설일 것도 없이 그러마고 했다. 앤은 달갑게 생각하는 것 같지 않았으나 별다른 이견은 내지 않았다.

우리를 초대하면서 식기는 각자 자기 것을 가지고 와 달란다. '이건 또 무슨 생뚱맞은 주문이야? 아예 초대하지 말든지.' 하는 생각이 들었지만, 제이슨과 부인 캐서린이 위생 관념이 지나쳐서 남이 쓰는 걸 싫어하는 모양이라고 짐작했다. 접시, 포크, 와인잔을 세트로 박스에 담아 들고 갔다.

그들은 우리가 한국인이라는 것을 알고 음식을 준비한 것 같았다. 녹색 파프리카 속에 다진 햄버거 고기를 섞어 만든 밥을 채워 넣고 슬로우쿠커에 찐 이탈리아식 음식을 차려놓았다. 사람은 넷인데 식탁에 의자가 두 개뿐이다. 어디에 앉아야 하나 감이 잡히질 않아 망설이다가 앤을 바라보았다. 미국에서 나서 자란 앤은 뭘 좀 아나 했는데 앤 역시 당황해하는 기색이다. 그렇다고 내색은 하지 않고 눈치를 살피다가 앤에게 앉으라는 의미로 턱으로 의자를 가리켰다. 앤도 혼자 자리에 앉기엔 거북했는지 그냥 서 있었다.

우물쭈물하는 우리를 본 제이슨이 자기들은 의자 하나에 같이 앉는다면서 캐서린을 무릎 위에 앉힌다. 능숙하게 캐서린을 무릎 위에 앉히는 동작이 너무나 자연스러워서 그들의 일상이 늘 그래왔다는 걸 단박에 알 수 있었다. 할 수 없이 나도 제이슨이 한 것처럼 의자에 앉아 앤을 무릎 위에 앉혔다. 생각했던 것보다 무거웠으나 무게보다는 기분이 이상해지는 느낌이었다.

남사스럽게 남이 보는 앞에서 속마음이 드러날까 봐 애써 자제하면서 오른팔로 앤의 허리를 감싸 뒤로 넘어가지 않게 받쳐 주었다. 식기를 가져갔기에 설혹 앤이 무릎 위에 앉아 있을망정 개별 접시에 차려놓고 먹었다. 와인도 잔을 따로 들고 마셨다. 나는 왼손도 오른손처럼 자유롭게 쓸 수 있어서 왼손으로 저녁을 먹었다.

그날 저녁, 우리를 당황하게 한 것은 앉은 자세만이 아니었다. 제이슨과 캐서린은 저녁 식사 내내 접시 하나에 포크 하나만 가지고 캐서린이 아기 먹여주듯 제이슨을 먹여주고 자신도 먹었다. 와인도 잔 하나를 가지고 서로 번갈아 가며 마셨다.

별나다고 생각할까 봐 그러는지 표정을 살피던 캐서린이 빙긋 웃어 보이며 말했다.

― 우리 부부는 모든 걸 하나만 장만하면 돼요. 칫솔도 하나,

커피잔도 하나, 포크도 하나, 의자도 하나면 다 해결돼요.

― 돈이 많이 절약되겠네요.

나는 웃으면서 농담조로 받아주었다.

― 돈만 절약되는 게 아니에요. 사랑도 절약되지요.

― 사랑이 어떻게 절약되는데요?

의아하기도 하고 내가 모르는 비법이라도 있나 해서 나도 모르게 툭 튀어나온 말이다.

― 번거롭게 의견을 물어볼 것도 없고⋯ 사랑은 하나가 되는

거잖아요. 언제 엄마가 아기를 사랑하면서 물어보던가요?

앤과 나는 마주 보며 웃었다. 저녁 식사 후, 소파에

앉아서 차를 마셨는데 그때도 캐서린은 제이슨이 벌린 다리 사이에 끼어 앉아 찻잔 하나로 서로 번갈아 마시는 게 깨가 쏟아지는 신혼부부처럼 보였다.

앤이 결혼한 지 얼마나 되었느냐고 물어보았다. 20년이나 됐지만 아이는 낳지 않기로 했단다. 사랑의 유효기간이 3년이라고 들었는데, 잘만 다독이면 평생 신혼처럼 살 수도 있다는 암시를 받는 것 같았다.

앤과 나는 제이슨 부부를 흉보면서 산다. 아무리 사랑한다손 치더라도 그건 너무한다는 데 의견이 일치했다. 애정 표현도 좋고 사랑하는 방법도 여러 가지이겠지만, 지나치게 야하다고 생각했다. 그렇다고 해서 다틀린 것만은 아니다. 부러운 면도 있다. 두 사람은 정말 사랑하는 것 같았다. 사랑이 진하면 그렇게 할 수도 있을 거라는 생각도 들었다.

생각이 같은 면이 있다면 아이를 낳지 않기로 한 것이라든가, 결혼식과 같은 사회적 통념에 얽매이지 않기로 한 것이라든가, 돈에 노예가 되어 삶의 질을 떨어트리는 일은 하지 않겠다는 그런 생각은 서로 통하는 데가 있기도 했다.

그런가 하면 앤과 내가 앞서가는 면도 있다. 제이슨 부부는 남편이 직장에 다니고 캐서린은 집안일만 하며 산다. 그러나 앤과 나는 파트타임으로 일하면서 집세는 내가 내고 앤은 식비를 담당하기로 했다. 카드나 통장도 따로 쓴다. 서로 각자 돈에 대해서는 묻지 않기로 했고 관심도 없다. 돈에 관심이 없는 것까지는 좋으나 앤은 여자이면서 미모에도 관심이 없어 보였다. 한 번도 화장해 본 일 없는 얼굴에 생머리를 뒤로 질끈 묶어 맨 앤이 예쁘지는 않지만, 내게 없는 똑 부러지는 면 하나는 마음에 들었다.

*

주인 부부를 초대했으니 집 안 청소도 하고 가구도 정돈했다. 앤은 직장에서 일이 끝나는 대로 한국 식품점에 들러 식자재를 사 오기로 했다. 카톡으로 식품점에서 사 와야 할 목록을 보냈다. 돈 드는 불고기는 맛만 보이기로 하고 대신 잡채와 만두를 내놓기로 마음먹었다. 잡채를 만들려면 당면 4인분 하고 소고기도 부드러운 안심으로 준비해야 한다. 목이버섯과 피망, 당근과 양파도 목록에 적었다. 사실 나는 앤보다 음식 솜씨가 낫다. 음식 만드는 게 내게는 재미있는 취미 활동에 속한다.

신접살림이라 접시며 식기가 두 벌뿐이다. 어떻게 해야 좋을지 몰라 어젯밤 앤과 의논해 보았다. 한 벌을 더 장만해야 하나, 아니면 우리도 제이슨처럼 식기는 각자 자기 것을 가지고 오라고 할까 하다가 가지고 오라고 하자는 데 의견을 모았다. 식기까지 들고 오라고 한다는 게 마음에 걸렸지만, 한 번만 쓰고 말 식기를 사야 한다는 건 낭비 같아서 그렇게 한 것이다.

거실에 가구라고 해야 세 사람이 앉을 수 있는 가죽 소파 하나뿐이다. 그것도 길가에 내놓고 10달러라는 사인이 붙어 있는 것을 보고 앤이 집어온 중고품이다. 그래도 그럴듯해 보였다. 구식이기는 해도 단단하게 생긴 가죽 소파다. 낡고 때가 껴서 꾀죄죄하게 보여서 그렇지, 잘 손질해 놓으면 쓸 만한 물건 같아 보였다.

앤도 눈썰미는 있어서 척 보면 집어와도 될 물건인지, 아닌지 제대로 구분할 줄 안다. 바래고 갈라지고 벗겨진 게 눈에 거슬렸지만, 앉아 보니 그런대로 괜찮다. 닦고 손질하는 것은 내 몫이다. 코팅과 염색까지는 엄두를 못 내고 약을 발라 광이나 내는 정도로 끝내기로 했다. 가죽 닦는 물약을 바르고 걸레로 깨끗이 문질렀다. 쿠션이 딱딱해서 좀 푹신하게 하려고 소파 방석을 분리해 뒤집었더니 라벨에 영국 국기가 그려져 있고 샤펠이란 상표가 눈에 띄었다. 가구에 대해서 아는 건 없지만, 영국산에 라벨까지 붙어 있는 것으로 보아 괜찮은 물건이라는 생각이 들었다.

쿠션이 딱딱한 건 방석 안 스펀지가 굳어서 그런 것 같아서 꺼내 햇볕에 말린 다음 다시 넣기로 했다. 방석 지퍼를 여는데 오래된 소파치고는 지퍼가 미끄러지듯 쓱 열렸다. 영국제가 다르긴 다르구나 하는 생각이 들었다.

방석에 들어 있는 스펀지를 잡아당기는데, 무엇이 발밑으로 툭툭 떨어졌다. 신문지에 싸인 뭉치가 여러 개나 나왔다. "이게 뭐지?" 혼자 중얼대며 그중 하나를 집어 신문지를 벗겼다. 백 달러짜리 뭉칫돈이다. 깜짝 놀랐다. 가슴이 철렁하면서 두근거리고 손이 떨렸다. 몰래 도둑질하는 사람처럼 사방을 둘러보았다. 아무도 보는 사람은 없다. 정말 돈인지 만져 보고 확인해 보았다. 백 달러짜리 지폐가 맞다.

거짓말 같은 행운에 이게 꿈인지, 생시인지 어리벙벙했다. 당혹스러워서 그런지, 흥분해서 그런지 주체할 수 없이 들뜬 기분에 저절로 입이 벌어졌다. 다른 뭉치도 풀어 보았다. 역시 돈이다. 한 뭉치면 만 달러일 것이다. 이게 몇 뭉치냐? 다음 방석을 열었다. 방석이 세 개 있으니 쏟아져 나온 뭉칫돈만 해도 3십여 개가 넘었다.

이 돈을 어떻게 할 것이냐. 잠시 망설였지만, 딱히 좋은 아이디어가 떠오르지 않는다. 앤에게 전화를 걸까 하다가 그만뒀다. 내게 온 행운을 조급하게 말했다가는 옴이 붙을 것 같아서 앤에게는 당분간 말하지 않기로 했다.

뭉칫돈을 검정 비닐봉지에 담았더니 한 보따리다. 자동차 트렁크에 넣어둘까 생각해 보았다. 자동차를 도둑맞아도 문제지만, 차 사고라도 나면 금세 들통나고 만다. 집 어딘가에 감춰둬야 하는데 딱히 비밀스러운 곳이 없다. 내가 집을 비웠을 때 도둑이 들어와도 찾지 못할 곳에 감춰야 한다. 냉장고 냉동실 깊숙이 넣었다. 앞에는 냉동식품을 끌어다 보이지 않게 막아놓기는 했어도 검정 비닐 보따리가 너무 커서 다 가릴 수는 없었다.

다른 좋은 방법은 없을까 머리를 굴려보았으나 방 하나짜리 아파트에서 숨길만 한 좋은 곳이 있을 리가 없다. 화장실 세면대 밑에 수납장이 있기는 하지만 거기에다 감춰두면 손님이 화장실에 들어가서 무슨 짓을 할지 알 수 없으니 그곳도 안전한 곳은 못 된다. 그래도 냉동실이 가장 믿음직스럽다.

어렸을 때 외할머니가 툭하면 "돈벼락이라도 맞았으면 좋겠다." 하셨는데 나야말로 돈벼락을 맞다니 믿기지 않았다. 심장이 불규칙하게 뛰면서 가슴이 두근거리는 게 제정신이 아니다. 나도 모르게 입이 벌어지고 히죽히죽 웃음이 흘러나왔다. 마음이 산만해서 그런지 왔다 갔다만 했지, 일이 손에 잡히질 않았다. 어림잡아 3십만 달러는 넘지 싶다. 갑자기 돈벼락을 맞아 부자가 되다니. "나는 정말 복 터진 남자야." 혼자 중얼거렸다.

이 판국에 잡채고 뭐고 만들 기분이 아니다. 어떻게 할까? 망설이다가 디너인지 뭔지 안 하는 게 낫다는 생각이 들었다. 집주인에게 잘 보이려고 애쓸 이유도 없다. 돈만 있으면 좋은 아파트는 얼마든지 구할 수 있다.

미안하다는 생각도 들고 뻔뻔스럽다는 생각도 들었

지만, 시치미를 뚝 떼고 아래층 캐서린에게 전화를 걸었다.

— *캐서린? 나 폴인데요. 오늘 저녁 디너를 취소해야겠어요. 감기 기운이 있어서 쉬어야겠네요.*

캐서린은 기대에 어긋난 듯 다 죽어가는 목소리로 말했다.

— *그거 정말 안됐군요. 하지만 몸이 얼마나 아픈지는 모르겠으나 어쩌면 마지막 디너가 될지도 모르는데, 다시 고려해 볼 수는 없을까요?*

— *마지막 디너라니요? 사람이 그럴 수도 있지, 섭섭하긴 뭐 이런 걸 가지고 그래요.*

톡 쏘아 말해 주었다. 그러면서도 한편으로는 내가 왜 이리 매정하지 하는 생각도 들었다.

디너를 취소했으니 식품을 사 올 필요 없다고 앤에게 문자를 보냈다. 마음이 초조하고 들떠 있어서 무엇을 어떻게 해야 할지 모르겠다. 우유 한 컵을 따라 앉았다 섰다 하면서 마셨다.

저 돈이면 내가 원하는 것은 무엇이든지 할 수 있다. 새 차를 살 수도 있고, 여행도 갈 수 있다. 빨간 스포츠 오픈카를 몰고 달리는 상상도 해 본다. 하와이 와이

키키 해변으로 휴가도 떠날 수 있다. 돈만 있으면 큰소리치면서 살아도 될 것이다. 나도 모르게 어깨가 으쓱해지면서 흐뭇한 마음에 실성한 사람처럼 혼자 실실 웃었다.

*

앤은 미술학원에서 아이들의 그림을 지도한다. 파트타임으로 목, 금, 토 3일만 일하는데 목, 금은 오후에 시작해서 저녁 늦게까지 일하고 토요일은 일찍 시작해서 오후면 끝난다. 앤이 일찍 돌아왔다.

늘 하던 대로 앤과 가볍게 키스 인사를 나누었지만, 앤의 얼굴을 똑바로 마주 볼 수가 없다. 돌아서서 부엌으로 향하는데 앤이 뒤에서 살펴보는 느낌이다. 무슨 말이라도 했으면 좋겠건만, 딱히 떠오르는 말이 없다. 오늘따라 앤 역시 아무 말도 하지 않았다. 말없이 어색한 저녁을 맞이하기는 오늘이 처음이다.

앤은 연신 나의 눈치를 살피는 것 같았다. 내 입에서 무슨 말이든 나오기를 기대하면서 나를 슬쩍 떠본다.

— *기분 나쁜 일이라도 있었어?*

— *아니, 별로.*

무뚝뚝하게 대답했다. 말없이 저녁을 먹자니 어색하고 심란해서 숨이 막힐 것 같다. 그러면서도 마음으로는 냉동실을 연신 힐끔거렸다.

숨통을 틔우려는지, 지나가는 말처럼 왜 디너를 취소했느냐고 앤이 물었다. 그냥 저녁 준비할 기분이 아니어서 그랬다고 옹색하게 변명했다. 그러면서도 좀 더 그럴듯한 핑곗거리가 떠오르지 않는 알량한 요령의 샘이 원망스러웠다. 그래도 앤은 그런대로 넘어가는 것 같다.

앤이 찬물을 마시겠다며 일어나는 바람에 얼른, 나도 모르게 먼저 냉장고로 다가가 문을 열었다. 물병을 꺼내 앤의 컵에 따라 주면서 "얼음은 필요 없지?" 묻지도 않은 말을 했다. 앤은 물컵을 받아 들고 서서 고맙다는 말 대신 빙긋 웃어 보였다.

앤이 설거지를 하겠다고 빈 접시를 걷어들고 싱크대로 간다. 내버려 뒀다가는 큰일 날 것 같아서 얼른 따라가 설거짓감을 빼앗았다. 그날 저녁 부엌일은 모두 내가 맡아 해치웠다. 의아한 눈빛으로 바라보던 앤이 한마디 던진다.

― 뭐 저녁에 특별히 할 말이라도 있어?

― 특별한 말? 아니야, 없어.

아침 일찍 일어나 부엌에서 달걀 프라이를 하고 토스트를 굽고 커피를 끓였다. 느닷없이 착해진 나의 모습을 보고 앤은 고개를 갸웃거렸다. 호기심인지, 의구심인지 앤의 눈초리가 예사롭지 않게 느껴졌다.

나는 한식집 주방 일을 시작한 새내기 보조여서 일요일 근무는 내 몫이다. 하지만 오늘은 일하러 갈 수 없다. 전화를 걸어 몸이 아파서 쉬겠다며 엄살이 뚝뚝 떨어지는 목소리로 앓는 소리를 냈다. 귀를 쫑긋 세우고 통화 내용을 듣던 앤이 물었다.

― 무슨 일 있어? 한국 엄마한테서 전화 받았어?

― 일은 무슨 일. 그저 집에 있고 싶어서 그래. 좀 쉬면 안 돼?

― 그런 건 아니지만, 내일은 집세를 내야 하는데 마련해 놓은 돈 있냐고….

― 걱정하지 마. 그까짓 돈 준비하고, 말고지.

― 어쭈, 폴. 언제부터 그까짓 돈이야? 나 돈 없어. 꿔 달란 소리 하지 마. 난 정말 돈 없단 말이야. 알아서 해….

앤의 말에 콧방귀를 뀌었다. 듣는 둥 마는 둥 한 귀

로 흘리고 앤의 부엌 출입을 감시했다. 앤은 말할 때마다 "어쭈"를 잘 써먹었다.

머릿속은 저 돈을 어떻게 해야 하나 하는 생각으로 복잡하다. 앤에게 말할 수도 없고, 은행에 넣을 수도 없다. 큰돈을 은행에 넣으려면 출처를 밝혀야 하기 때문이다.

아침을 먹고 소파에 앉아 TV를 틀었다. 앤이 컴퓨터 모니터를 켜면서 TV 좀 끌 수 없느냐고 묻는다. 마감 시간이 다가온 작업을 하겠다니 어쩔 수 없이 양보해 주는 수밖에 없다. 좁은 거실에서 서성이다가 창가로 갔다. 창밖을 내다봤다. 눈에 보이는 건 건성일 뿐 생각은 온통 돈에 가 있다. 앤은 서성대는 내가 성가셨던 모양이다.

— 그러고 있지 말고, 도서관에라도 가 보지 그래.

— 도서관? 쓸데없는 걱정하지 마. 내 일은 내가 알아서 할 테니까.

— 등 뒤에 서 있으니까 나까지 불안하잖아. 앉아서 책이라도 읽든지.

— 책 읽을 기분 아니거든? 나 오늘 나가지 않을 거야. 온종일 집에 있을 거야.

말을 해 놓고도 괜히 했나 하는 생각이 들었다. 앤이

없으면 돈을 꺼내 세어 볼 텐데 하는 생각에 앤이 행복을 빼앗아간다는 느낌이 들었다. 앤이 일어나 부엌으로 가는 바람에 얼른 따라가 무엇을 원하는지 물어보았다. 이번엔 앤이 이상하다는 눈초리로 쏘아보더니 톡 쏘는 목소리로 한마디 한다.

— 폴, 왜 이렇게 불안해해? 뭐 잘못 먹었어?

— 불안하다니 뭐가 불안해. 난 아무렇지도 않은데.

말은 그렇게 했지만, 속으로는 뜨끔했다.

— 그럼 왜 날 졸졸 따라다니면서 참견이야?

— 뭐, 도와주려고 한 것뿐이야. 오해하지 마.

— 어쭈, 도와주겠다고? 폴은 앉아서 책이나 읽는 게 날 도와주는 거야. 알아?

— 커피 마시려고? 머그잔 이리 내놔. 내가 타서 줄게.

— 저리 비켜. 내 커피는 내가 타야 입맛에 맞아. 크림 어디 있지?

— 크림 달라고?

냉큼 냉장고 문을 열었다. 플라스틱 크림 병에는 크림 메이트가 조금밖에 남아 있지 않아서 거꾸로 들고 흔들었으나 겨우 몇 방울 떨어지고 만다. 앤은 실망한 듯 나를 쳐다보더니 가서 사 오란다. 나더러 갔다 오라고? 말도 안 된다고 생각했다. 빈 병을 쓰레기통에 던져버렸다. "후." 하고 긴 숨을 내쉬었다.

— 크림 없이 마시면 안 돼? 식품점에 가기 싫은데.

— 폴, 지금 할 일 없잖아. 잠깐 다녀오면 될 텐데, 뭘 그래.

— 그래도 오늘은 가기 싫단 말이야.

— 어쭈. 폴, 나한테 혼나고 싶어?

앤이 던지는 농담에 화가 났다. 그러지 않아도 긴장하고 있던 참에 기분이 상해 큰소리가 저절로 튀어나왔다.

— 야, 말 삼가해. 내가 싫다면 싫은 거야. 네가 갔다 오면 안
   되니?

앤을 힐끔 쳐다보고 소파로 가서 앉았다. 책을 꺼내 펼쳤지만, 머릿속은 온통 냉동실 속에 숨겨둔 돈 생각으로 글자가 눈에 들어오지 않았다. 돈이 머릿속에서 헤엄쳐 다녔다.

*

미국으로 유학 온 지 일 년이 넘었다. 나의 꿈인지, 엄마의 꿈인지 여하튼 거창한 꿈은 아니지만, 미국에

서 공부하면 언어 실력을 연마할 수 있고 현지인처럼 말할 수 있을 것으로 생각했다. 2년짜리 경영대학원에 입학했는데 대학이 학위 장사를 하려는지 등록금을 너무 비싸게 받는 바람에 학업을 계속해야 할지 고민에 빠져 있었다. 공부도 쉽지 않았다. 단단히 예습하고 강의실에 들어가도 이해하기 어렵고 머릿속에 남는 것도 없었다. 공부에 집중도 안 되고 딴생각만 넘실댔다. 보나 마나 성적이 잘 안 나올 게 뻔했다.

나는 어려서부터 먹고 싶은 걸 직접 만들어 먹는 게 취미다. 어떤 때는 엄마보다 더 보기 좋고 맛있게 만들었다. 음식을 만들 때면 신이 나서 절로 콧노래가 흘러나왔다. 새로운 먹거리를 만들고 싶은 충동에 엄마가 사다 놓은 식재료를 다 써버리고 야단맞은 때도 많다. 유명한 호텔의 셰프가 되고 싶었다.

하지만 엄마는 경제학을 공부하라고 했다. 엄마는 친척들 앞에서 기세등등하게 아들 자랑을 해댔다. 언뜻 듣기에 우습기도 하고 민망하기도 한 이야기들이다. 아들이 곧 대기업에 들어갈 거라고 자랑해댔다. 대기업 문을 몇 번 두드렸어도 쉽게 열리지 않았다. 엄마가 유학이나 다녀오라는 권유에 귀가 솔깃했고 해방을 맞는 기분이었다.

미국에 공부하러 와 있으면서 처음 겪는 외국 생활은 어설프고 매사 엇박자만 났다. 낯선 사회, 낯선 얼굴들, 낯선 분위기는 나의 기를 꺾었고 어딜 가나 불안했다. 영어도 제대로 못 하는데 누가 말을 걸어올까 봐 긴장 속에서 초조하게 지냈다. 그래도 안 그런 척하면서 조금 지나면 나아지겠지 하며 견뎠다. 외롭고 불안한 마음은 점점 심해졌고 잘못하다가는 우울증에 걸릴 것 같아서 겁이 났다.

힘들고 어려웠던 때에 친구가 앤을 소개해 주었다. 연상인 앤과는 대화가 잘 통했고 같이 있으면 안정감을 느꼈다. 우리는 어딜 가나 붙어 다녔다. 앤은 아는 것도 많았고 앤이 하자는 대로 하면 뭐든지 잘 풀리면서 열등감마저 사라졌다.

형석이란 이름을 부르기 좋게 폴로 바꿔준 것도 앤이었다. 매사 의견 일치라기보다는 동조할 만하다는 생각이 들어서 앤에게 끌려다녔다. 두 사람이 합치면 돈과 시간이 절약될 것이라는 의견도 앤이 냈다. 결혼을 심각하게 생각하지 않고 같이 살면서 둘이서 계약 결혼처럼 약속하면 되는 것으로 생각했다.

내가 엄마하고 의논하지 않고 혼자 스스로 저지른 건 이번이 처음이다. 그러면서도 어딘가 석연치 않아서 앤에게 물어보았다.

— 넌 어머니한테 우리가 살림 차렸다고 말하지 않아도 되니?

— 야, 난 폴처럼 마마보이가 아니거든?

예상하지 못했던 앤의 한마디에 흠칫 놀랐다. 그러지 않아도 마마보이로 보이면 어쩌나 하고 은근히 걱정했는데 치부가 드러난 것 같아서 모멸감을 느꼈다. 더는 엄마에게서 걸려오는 전화도 받기 싫다. 막상 받아도 할 말이 별로 없다.

엄마가 무슨 생각을 하건, 앤과 나는 예정대로 살림을 차렸고 새로운 환경에 적응해 나갔다. 일부러 엄마를 속이려고 한 것은 아니었지만, 보이지 않는 마법 같은 힘이 앤을 따라 하게 만들었다.

엄마가 이 사실을 알면 노발대발할 것이다. 엄마의 눈높이에 앤이 탐탁지 않은 여자라는 건 불을 보듯 뻔하고, 보나 마나 절대 반대할 것이라는 생각도 들었다. 그렇다고 해서 내 인생을 엄마에게 맡겨둘 수만은 없는 노릇이다. 엄마의 욕망이란 덫에서 벗어나고 싶어서 앤과 합쳤으나 이번에는 앤에게 의존하고 있어서 자괴감을 느낄 때도 있다.

돈도 생겼겠다, 이참에 독립해서 자존감을 찾고 싶다. 돈이라는 건 참 묘해서 없던 용기도 생기고 자신감도 들게 한다. 거기에다가 생각지도 못했던 꿈까지 그려 준다.

비열한 건지, 비겁한 건지는 모르겠으나 아무튼 앤에게서 벗어나 나만의 세상에 도전하고 싶다. 생각만해도 후련하고 자유로워진 기분이다. 솔직히 한국에 가면 앤보다 예쁜 여자도 많다. 잘하면 탤런트처럼 예쁜 여자를 만날 수도 있을 것 같은 생각이 마치 비 온다음 날 흙을 뚫고 솟아오르는 새싹처럼 마음 한구석에서 비집고 올라왔다.

*

비가 올 것도 아니면서 하늘은 잔뜩 찌푸리고 있었다. 이틀째 앤과 헤어질 궁리를 해 봤지만, 답답하리만치 앞뒤가 꽉 막혀서 좀처럼 묘안이 떠오르지 않았다. 새로 사 온 캘리포니아산 샤토르 와인을 마셨다. 그런대로 마음이 가라앉는 기분이다. 긴장 때문에 며칠 잠

을 설쳐서 오늘은 푹 자고 싶다. 정말 깊이 늘어지게
잤다.

눈을 떠 보니 앤이 아침 식사를 준비하고 있는 게 아
닌가. 깜짝 놀라 한걸음에 부엌으로 달려갔다. 뒤에서
나마 앤의 눈치를 살펴보았다. 들킨 것 같지는 않아 마
음이 놓였다. 앤도 뒤에 서 있는 나의 낌새를 느꼈는지
고개를 돌리는 바람에 황급하게 눈길을 피해 화장실로
들어갔다. 두근대는 마음을 진정시키느라고 칫솔질에
속도를 가했다. 면도하면서도 신경은 온통 앤에게 쏠려
있다.

'내가 뭘 잘못했다고 이렇게 떨리지?' 하는 의문이 들
면서 들킬까 봐 조마조마하게 살 바에는 차라리 빨리
헤어지는 게 낫다는 생각이 들었다. 헤어지는 것도 운
명이다. 앤하고는 인연이 안 되는 모양이라고 치부했
다. 질질 끌 이유가 없다. 무슨 말이든 해야겠다고 속
으로 다짐했다.

아침을 먹는데 앤의 표정이 심각해 보인다. 기회를
보다가 헤어지자는 말을 꺼내야 하는데 심각해 보이는
앤에게 말을 걸어야 하나, 말아야 하나, 어디서부터 시
작해야 하나 고민만 깊어 갔다. 설거짓거리를 들고 일

어서려는데 앤이 차분히 가라앉은 목소리로 잠깐 자리에 앉아 있으란다. 가슴이 철렁 내려앉았다.

  — 폴, 바른대로 말해. 바른대로 말하지 않으면 우린 이것으로 끝장이야.

  — 뭘 바른대로 말하라는 거야? 거기에다가 끝장이라니?

  — 냉동실 안에 검정 비닐로 싼 게 뭐지?

앤의 한마디에 머릿속이 하얘지면서 텅 빈 것처럼 멍하다. 잠시 정신을 가다듬었다. 머뭇머뭇하다가 되물었다.

  — 니 생각엔 뭐 같아?

앤의 눈치를 살피며 뜸을 들이다가 내가 먼저 말했다.

  — 내가 잠시 보관하느라고 넣어 두었는데, 그걸 너한테 일일이 보고해야 해?

  — 보고까지는 필요 없어도 그것이 왜 거기에 있어야 하는지는 알아야 할 것 아니야. 혹시 강도질, 한, 건, 아니겠지?

한 마디씩 띠어가며 뜸을 들이다가 천천히 묻는 게, 정말 그렇게 생각하는 것처럼 보였다.

  — 야, 너 사람을 뭐로 보고 그래. 이 여자 못쓰겠군. 넘겨짚지 마.

나도 모르게 목소리가 높아졌다.

— 어쭈, 이, 여, 자! 이제 말도 막 하자 이거지?

— 그래, 막가자는 거다. 나도 니가 헤어지자고 해도 눈도 깜짝
안 해.

— 흠, 폴 속마음이 그렇다는 걸 모르고 같이 살기로 한 내가
바보지. 아무튼, 10분 내로 돈의 출처를 대지 않으면 경찰
을 부를 테니 그런 줄 알아.

앤은 자리에서 일어나면서 빈 접시를 들고 싱크대로
갔다. 그릇 부닥뜨리는 소리만 들어도 앤이 화가 잔뜩
나 있다는 느낌이 전해져 왔다.

앤이 경찰에 신고하면 큰일이다. 들통나면 돈을 빼앗
기고 말 것이다. 할 수 없지. 차라리 사실대로 말하고
내 돈이라는 걸 인정받는 게 낫다고 생각했다.

시치미를 뚝 떼고 의젓하게 말을 꺼냈다. 소파 손질
하다가 내가 발견한 돈이라고 말했다. 결국, 주운 돈
이나 마찬가지니까 내 돈이라고 부연 설명까지 해 주
었다.

앤은 말없이 귀를 기울이고 듣고만 있더니 "소파를
네가 10달러 주고 사 왔으니 그 돈은 내 돈이야."라고
한다.

깜짝 놀랐다. 예상치 못한 앤의 반응에 소리를 꽥

질렀다.

　— 야, 어째서 그게 네 돈이니? 찾은 사람은 난데. 넌 경우도

　　없니?

앤은 차분한 목소리로 말을 이어갔다.

　— 내 물건에서 꺼냈잖아. 소파도 내 것이고 돈도 내 것이야.

　　폴은 간단한 상식도 몰라?

　— 허, 이거 사람 잡네. 내가 꺼내기 전까지 넌 돈이 있는 줄도

　　몰랐잖아.

　— 법적으로 저 돈은 내 돈이니까 폴은 손대지 마. 저 돈에다

　　가 손만 대면 그때는 경찰에 도난 신고할 거야. 그런 줄이나

　　알고 있어.

　— 뭐라고? 이건 말도 안 돼. 내가 분명히 말하지만, 저 돈은

　　내 돈이야. 어디다 대고 협박이야.

　자리를 박차고 일어서면서 주먹으로 테이블을 '쿵!'
하고 내려쳤다. 내 말이 확고하다는 의지를 보여주고
싶어서 그랬다. 공교롭게도 돈이 냉동실에 있다 보니
싸움이 난다고 생각했다. 검정 비닐봉지를 꺼내 들고
밖으로 나가 차 트렁크에 넣었다. 트렁크 문을 단단히
닫고 다시 2층 아파트로 올라왔다. 나의 행동을 지켜
보고 있던 앤이 격앙된 어조로 말했다.

— 돈 도로 가져오지 못해? 안 가져오면 신고할 거야. 습득물
은 경찰에 신고해야 하는 거 알아?

— 이 바보야. 신고하면 다 날아간다는 걸 모르니? 신고하는
순간 저 돈은 네 것도, 내 것도 아니야. 분명하게 알고나 신
고하든지 말든지 해.

— 신고 안 했다가 발각되면, 폴 년 감옥에 가야 해.

신고는 무슨 놈의 신고. 앤이 겁주느라고 저런다고
생각했다. 콧방귀를 뀌었다. 이참에 헤어지자. 짐을 꾸
려서 집을 나가기로 마음먹었다. 황급히 방에 들어가
옷을 챙겨 가방에 넣었다. 구두도 꺼내 가방에 넣었다.
짐을 꾸리다 보니 생각했던 것보다 많다. 가방이 큰 것
하나에 작은 것 두 개나 된다. 냉랭한 분위기가 감돌았
지만, 눈 딱 감고 작은 가방을 질질 끌면서 문을 열고
나왔다. 앤의 지켜보는 시선이 뒤통수에서 느껴졌다.

아래층 제이슨이 문밖에 나와 서성이다가 내가 가방
을 들고 차로 가는 걸 보고 여행 가려느냐고 말을 걸어
왔다.

— 뭐, 잠깐 다녀올 데가 있어서요. 캐서린은 어디 갔어요? 며
칠째 안 보이던데….

— 병원에 입원했어.

수염도 깎지 못해 덥수룩한 얼굴에 침울한 표정으로 힘없이 말하는 제이슨이 이상하게 보였다. 거기에다가 뜻밖에도 입원했다는 말에 의구심마저 들었다.

— 어디가 아파서요? 병원에 입원까지 하다니요?

— 원래 유방암이 오래됐거든. 마지막으로 신약을 임상시험 겸 써 보려고 입원했어.

제이슨의 목소리가 떨리고 있었다. 나는 몹시 추운 날 갑자기 밖에 나갔을 때처럼 머리가 떵했다. 아픈 줄 몰랐는데 유방암이라니. 거기다가 임상시험단계까지 갔다니. 그렇다면 막판이란 말이 아닌가? 유방암에 걸린 지 얼마나 됐느냐고 물어보았다.

제이슨은 캐서린이 첫사랑이었다면서 결혼하기 전부터 유방암이라는 걸 알고 있었다고 한다. 유방암인 줄 알았지만 사랑은 암보다 더 지독해서 잊을 수가 없더란다. 결혼해서 살면서 다 나은 줄 알았는데 다시 재발하는 바람에 지금은 숨조차 쉬기 힘들어해서 병원에 입원시켰단다.

말을 하는 내내 제이슨의 눈가에는 눈물이 맺혀 있었다.

그것도 모르고 매몰차게 디너를 취소해 버린 내가

비정하고 이기적인 것 같아 부끄럽고 후회스러웠다. 이야기를 듣는 내내 소름이 끼치는 것 같은 느낌이었지만, 그것은 어디까지나 스쳐 지나가는 나의 속내일 뿐. 차라리 안 들었으면 좋았을 것을 하는 생각에 게적지근한 마음이 가시지 않았다.

큰 짐 가방을 가지러 이 층으로 올라가 문을 열고 들어서는데 앤이 차분한 목소리로 담담하게 말했다.

— *경찰에 신고했으니까 기다려 봐.*

앤의 한 마디가 마치 내 운명을 가르는 판사의 나무망치 소리처럼 차갑게 들렸다.

— *돈을 양성화해야 할 것 아니야. 신고는 의무야. 신고 안 했다가 나까지 감옥에 가고 싶진 않아.*

하늘이 무너지는 것 같은 앤의 소리에 맥이 탁 풀렸다. 소파에 주저앉았다. 허탈한 마음에 화가 나는 건지, 기가 막힌 건지 종잡을 수 없는 기분이다. 머릿속이 복잡하고 미칠 것 같아 차라리 죽고 싶다.

앤이 차분하고 진지한 목소리로 말을 이어갔다.

— *신정한 사랑은 돈에 구애받지 않는 거야.*

앤의 말소리가 역겹고 구역질이 날 것처럼 들렸다. 쓸데없는 소리 하지 말라고 소리를 지르려다 꾹 눌러 참았다.

　부엌에서 남녀 경찰관 둘이서 조서를 꾸민 종이를 내밀면서 서명하란다. 돈은 정확하게 32만 달러였다. 주인을 찾을 때까지 경찰에서 보관하겠다면서 명함을 놓고 갔다.

　그날 이후, 앤과 나는 원수처럼 마주 쳐다보지도 않고 말도 하지 않았다. 두 사람이 한집에 같이 살면서 음식도 나눠 먹고 한 침대에서 자지만, 못 본 척하면서 지낸다. '사람이 그럴 수가 있어?' 하는 생각을 하면 피가 곤두선다. 서로 말 안 하고 지내도 견딜 만하다. 그동안 별의별 궁리를 다 해 보았다. 집을 나가서 혼자 살까 생각해 보았지만, 능력도 되지 않고 자신감도 없다. 내 몫은 아파트 세만 벌면 되는데 그것도 만만한 게 아니다. 먹는 건 앤이 해결한다.

　우유가 다 떨어졌다. 나는 우유를 마시는데, 앤은 우유는 마시지 않고 커피만 마신다. 메모지에 우유가 떨어졌다고 써서 냉장고 문짝에 붙여놓았다. 한 가지 문제가 해결되면 다른 문제가 생기기 마련이다. 매번 앤이 먹고 난 설거지까지 해야 하는 바람에 화가 났다.

"자기가 먹은 그릇은 싱크대에 놓아두지 말고 제때 닦아 놓기"라고 써 붙였다. 다음 날, "소변볼 때 변기 중간 뚜껑을 들고 누기"라는 메모가 붙어 있다. 보기 싫어서 메모를 뜯어 꾸겨 버렸다.

한집에서 말 안 하고 같이 사는 것처럼 답답한 일도 없다. 말없이 지내려니 눈치만 는다. 내가 만들어놓은 샐러드를 앤이 반만 덜어서 들고 간다. 보나 마나 나머지는 나더러 먹으라는 거다.

일을 다녀왔더니 앤이 써놓은 노트 한 장이 덩그러니 탁자 위에 있다. 경찰에서 연락이 왔단다. 가슴이 뜨끔해서 얼른 읽어보았다. 소파 주인을 찾았는데 남편은 죽은 지 오래됐고 할머니는 치매 노인들이 머무는 요양원에 있단다. 할머니에게 사실을 이야기해 주고 할머니의 의견을 기다리는 중이란다. 죽은 남편이 부자는 아니었지만, 구두쇠가 돼서 돈이라면 한 푼도 쓰지 않고 모으기만 했단다. 문제는 할머니의 정신 상태가 오락가락한다는 점이었다. 오락가락하는 할머니에게 뭘 물어보겠다는 건가. 차라리 할머니가 빨리 죽어버렸으면 좋겠다는 생각이 들었다.

돈 소리를 듣고 나니 속이 부글부글 끓고 화가 나서

방으로 들어가 침대 위에 벌렁 누웠다. 밤에 한 침대에서 자지만 돌아누워서 잔 지 한 달이 넘었다. 돈만 생각하면 앤이 웬수같다. 다 된 밥에 재를 뿌리다니….

*

앤이 일하러 가고 없기에 집 안 청소를 하기로 했다. 집을 나가려고 싸놓았던 가방에서 옷을 꺼내 다시 옷장에 걸었다. 한 달이나 청소를 안 했더니 집 안이 엉망이다. 앤은 청소하다가 죽은 귀신이 붙었는지, 청소하고는 담을 쌓았다. 그러면서 답답하리만치 고지식하다. 고지식한 사람은 요령이나 궁리가 없다. 앤과 사는 한 부자가 되기는 틀렸다는 생각이 든다. 그러면서 모르기는 해도 요령이나 궁리가 많은 여자와 살면 속깨나 썩을지 모른다는 생각도 해 본다.

청소기 돌아가는 소리에 전화벨이 울리는 소리도 듣지 못했다. 청소를 끝내고 앉아 휴대전화를 열어보았다. 부재중 전화가 와 있다. 앤이 한 전화다. 말 안 하고 지낸 지가 한 달이 넘었는데 뜬금없이 전화를 걸다니, 뭐 급한 일이 생겼나? 아니면 교통사고가 났나? 불

길한 생각이 들었다. 걸까 말까 망설이다가 교통사고가
난 사람을 보고도 못 본척한다는 건 말이 안 된다는
생각이 들었다.

― *왜 전화했어? 무슨 일 있어?*

무뚝뚝하게 말했다.

― *경찰에서 연락이 왔는데, 오락가락하는 할머니가 그 돈을*
  요양원에 기부하기로 했대….

갑자기 머리가 떵 하면서 뇌가 튀어나올 것 같아 전
화를 끊어버렸다. 속이 쓰리고 기가 막혀서 멍하니 앉
아 있자니 허탈하고 한숨만 나온다. 쓰리고 답답한 마
음을 어디에다 푸념할 데도 없다. 혼자서 집 안을 서성
이다가 맥없이 TV만 켰다 껐다 했다.

저녁때가 다 돼서 제이슨이 집에 있기에 아래층 문
을 노크했다. 월세를 주기 위해서다. 테이블에 마주 앉
자마자 고통 속에 갇혀 있을 캐서린의 소식을 묻지 않
을 수 없었다. 제이슨은 마주 보던 시선을 창밖으로 피
하면서 입술을 지그시 깨문다. 쌍꺼풀이 진 눈가에 눈
물이 맺혔다.

캐서린의 몸 컨디션이 마지막 치료에 거부 반응을
일으켜서 포기한 상태란다. 그러면서 캐서린이 참을

수 없는 고통 때문에 차라리 안락사를 원한다고 했다. 안락사란 말만 듣고도 전기에 감전된 것처럼 찌릿하고 등골이 오싹해지면서 캐서린이 고통스러워하는 모습이 떠올랐다. 측은하고 불쌍했다. 뭐라고 위로해 줘야 할지 마땅한 말을 찾지 못했다. 차라리 그게 낫다고 할 수도 없고, 그건 안 된다고 할 수도 없고….

그 와중에도 나 자신이 치사하고 자기 생각만 해서 그런지 엉뚱하게 나의 고통과 고민이 떠올라 제이슨에게 털어놓았다. 그렇게라도 하지 않으면 침울한 분위기가 깨지지 않을 것 같아서 그랬다. 제이슨이 가만히 듣고 있더니 한마디 팁을 들려준다. 잃어버린 물건을 찾아주면 보상이 따르게 되어 있다면서 알아보란다.

저녁 먹을 시간이 다 됐기에 2층으로 올라갔다. 앤은 보상 이야기에 대해서 건성으로 들어 넘기는 게 이미 알고 있었던 모양이다.

다음 날 아침, 직장에 가느라고 아래층으로 내려가다가 죽지 못해 살아있는 것처럼 참담한 표정으로 서 있는 제이슨과 마주쳤다. 흐트러진 머리와 수척한 얼굴에 수염도 깎지 않아 덥수룩한 몰골로 서 있는 제이슨에게 캐서린의 상태를 물어보는 게 무서웠지만 어쩔 수 없었다.

어젯밤 영원히 떠나는 캐서린의 손에서 체온이 다 사라질 때까지 잡고 있었다고 말하는 제이슨의 눈가가 온통 벌겋게 충혈되어 있었다.

제이슨을 위해서 위로의 말을 해 줘야 하는데 아무 말도 떠오르는 게 없다. 장례식에 관해서 물었고 준비 과정을 듣다가 헤어졌다.

온종일 어수선한 생각이 파도처럼 밀려왔고 일이 손에 잡히지 않았다.

탁란
托卵

샌프란시스코 유니온 광장 맞은편, 프란시스
호텔 2층 클록 바로 들어섰다. 금빛 커튼이 드리운 창가
테이블에 앉아 있는 현아를 금방 알아보았다. 현아는 자
리에서 일어나 활짝 웃는 얼굴로 두 손을 내민다.

― *오랜만이야. 얼마 만이지?*

반가운 나머지 나도 모르게 목소리가 들떠 있다. 현
아를 가볍게 안고 등을 토닥였다.

― *칠 년 좀 넘었나 봐…*

― *벌써? 세월 참 빠르네. 샌프란시스코엔 언제 왔어?*

― *어제.*

발그레 달아오른 현아에게서 하얀 이가 드러나 보였
다. 현아는 벌써 보드카 마티니로 두 잔째란다. 내 것
으로 피나콜라다를 주문했다.

― *어떻게 지내? 사는 게 재미있어?*

현아가 밝은 목소리로 묻는다.

— 바빠. 맨날….

— 쉬는 날도 없이 일만 해?

— 일주일에 칠일….

— 주말도 없다고?

눈을 동그랗게 뜨고 현아가 물었다. 고개를 끄덕여
주었다.

현아와 헤어지고 처음 얼마 동안은 연락이 닿았으나
어느 날 아무런 이유도 없이 소식이 뚝 끊겨버려 그립
고 답답했다. 그러나 그런 그리움도 세월 따라 차츰 흐
려지면서 희미해져 갔다.

현아는 그동안 재혼했다가 이혼했다면서 네 살 먹은
아이가 있단다. 심란해서 샌프란시스코를 찾은 거라면
서 이번 이혼은 성격 차이 때문이라고 했다. 결혼과 이
혼을 가볍게 생각하는 현아가 어떤 생각을 하면서 사
는지 겉으로 봐서는 알 수 없었다.

5월의 노을이 오래도록 창가에 머물러 있었다. 현아
와 함께 3층 오크룸 레스토랑으로 자리를 옮겼다. 저
녁을 먹으면서 현아가 말했다.

— 네가 사는 모습을 보고 싶어. 보여줄 수 있어?

— 애는 안 보고 싶고?

— 애와 같이 살아?

— 아니, 스티브는 할머니가 기르고 있어.

— 스티브? 학교에 다니겠네?

현아가 자신이 낳은 아이를 보고 싶어 하지도 않는다는 것에 충격을 받았다. 엄마이기를 거부하더니 결국 아이가 궁금하지도 않구나 하는 생각이 들었다. 현아는 보드카 마티니 두 잔을 더 마셨다. 현아가 변한건 술 마시는 솜씨뿐이다.

*

대학을 졸업하고 그렇게도 그리던 곳, 태어난 나라, 한국에 가 보고 싶어서 원어민 교사에 지원했다. 분당에 있는 초등학교에서 학생들에게 영어를 가르쳤다.

인천공항에 첫발을 내디뎠을 때 모두 검은 머리에 나를 닮은 사람들이 우글거려서 놀랐다. 한국은 처음이었지만, 낯설기보다는 오히려 편안하고 포근한 느낌이었다.

생후 6개월 만에 캘리포니아 머데스토의 농촌 마을로 입양되어 간 나는 한국에 대한 기억이 없다. 소년

시절에는 나와 부모님이 다르게 생겼다는 것 때문에 방황했다. 키도 작고 까무잡잡한 외모에 외까풀 눈이 늘 자신감을 앗아갔다. 툭하면 방문을 닫고 혼자 지냈다. 불도 켜지 않고 '어디서 왔나? 누구일까?' 이런 생각을 하면 슬프고 우울했다. 그럴 때마다 톰슨 어머니는 조용히 다가와 안아주면서 사랑한다고 다독여 주었다. 어머니의 진심 어린 사랑은 병아리들이 즐기는 봄볕처럼 따스했다. 햇볕을 나누어주는 태양은 아무것도 요구하지 않는다. 톰슨 어머니의 사랑은 어린 나의 온몸을 녹이고 감싸주었다.

— *너는 내게 하나밖에 없는 아들이야. 누가 뭐래도 나는 너를 사랑해*(You are my only son. No matter what anyone says, I love you)….

톰슨 어머니는 이마를 내 이마에 대고 비비며 속삭였다. 그럴 때면 양어머니일망정 어머니에 대한 사랑과 믿음이 자신감을 불러일으켰다. 어머니의 사랑을 온몸으로 느끼면서 학교 성적도 덩달아 올라갔다. 대학에서 언어학을 전공하면서 언어 감각에 특출난 재능이 있다는 것도 알게 되었다.

영어 교사로 한국에 오면서 의도한 것은 아니었지만,

한국어 배우기, 한국문화 체험하기에 관심을 가지고 푹 빠져들었다.

내가 현아를 처음 만나던 날은 비가 추적추적 내리던 가을이었다. 을씨년스러운 거리에 흠뻑 젖은 플라타너스 잎이 시멘트 바닥에 스티커처럼 달라붙어 있었다. 발로 차도 꿈적도 하지 않는 게 떨어지기 싫어서 떼쓰는 아이 같았다.

빗속을 걸어 학교에 가면서도 한국어 단어를 외웠다. '뒤치다꺼리', '움츠리다', '개구쟁이' 한국어는 갈수록 어려웠다. 내 혓바닥이 꼬였는지 발음부터 어려워 혀를 펴느라고 신경을 곤두세웠다. 한 마디라도 배우려고 애쓰는 나를 지켜보던 영어 학습반 학부모가 현아를 소개해 주겠다고 했다.

학교에서 조금 나가다 보면 사거리 코너에 스타벅스가 있는데 거기서 소개받을 여자를 기다렸다. 창밖엔 가을비가 멎었다 내렸다 했다. 노란 국화 한 송이를 테이블 위에 놓고 기다리면 여자가 올 거라고 했다. 기다리는 동안 초조해서 못 견딜 것 같았다. 젊은 여자 둘이 문을 열고 들어왔다. 유심히 살펴보았으나 내게로 오는 여자는 아니었다. 다음은 청년이 들어왔고 남녀가 나갔다. 문은 바쁘게 열리고 닫혔으나 내가 기다리는 여자는 보이지 않았다. 초조하기도 하고 지루하기도 해서 눈을 감았다. 눈을 감고 "처음 뵙겠습니다."를 몇 번이고 연습했다. 시간은 흐르고 사람들은 쉴 새 없이 들고 나는데 그 여자는 나타나지 않았다. 오기로 한 시간보다 삼십 분은 더 기다렸을 것이다.

누군가가 내 앞에 서 있다는 느낌을 받았다. 눈을 떠 보았다. 오래 기다렸느냐면서 자리에 앉는다. 나는 벌떡 일어나 "처음 뵙겠습니다." 하고 고개 숙여 인사했다. 다행히 말실수 없이 잘 이어져 나왔다. 속으로 만족했다.

앞에 앉아 있는 여자를 보는 순간, 그만 입이 딱 벌어지고 말았다. 이렇게 예쁜 여자는 처음 보았다. 천사가 나타났나 했다. 정신 나간 사람처럼 멍하니 현아만 바라보았다. 현아가 커피를 시켜야 하지 않느냐고 묻지 않았다면 나는 그 자리에서 그냥 굳어버리고 말았을 것이다. 긴 만남은 아니었지만, 입이 열리지 않아 현아가 하는 말만 듣다가 말았다.

처음에는 일주일에 두 번, 수, 금 오후에 만나 한국어를 가르쳐 주기로 했지만, 시간이 흐르면서 매일 만났다.

마음이 들떠서 그런지 현아를 만나고 난 날 밤에는 잠을 이루지 못했다. 현아의 얼굴이 눈앞에서 아른거렸다. 진주알이 굴러가는 것 같은 목소리며, 웃을 때마다 보이는 흰 이빨이 머릿속에 선명하게 떠올랐다.

현아는 내가 하는 한국말이 어색하고 어눌할 때마다 교정해 주고 새로운 단어를 가르쳐 주느라고 말끝마다 끼어들었지만, 그게 싫지 않았다. 무작정 현아가 좋아 비 오는 날, 플라타너스 잎처럼 현아에게 찰싹 달라붙어서 떨어질 줄 몰랐다.

처음 사귀는 이성 친구여서 마음이 한껏 부풀어 있었다. 현아를 보기만 해도 웃음이 헤퍼졌고 더없이 즐겁기만 했다. 말이 많아지는 것도 어쩔 수 없었다. 어쩌면 현아는 내게 관심이 없는 것처럼 보였다. 그러거나 말거나, 짝사랑이어도 현아가 좋았다.

유난히도 흰 이가 드러나 보이는 현아는 나보다 두 살이나 많았으나 그녀의 갸름한 얼굴이 오히려 두 살 아래로 보였다. 허름한 진에 제이크루 티가 잘 어울려 생동감이 넘쳐났다.

그녀는 질투심이 누구보다 강했다. 같이 길을 가다가 맞은편 여자에게 눈길이라도 줄라치면 현아는 그 여자를 쏘아보면서 자신과 비교해 보는 것 같았다. 상대 여자를 판단하는 데 5초도 안 걸렸다. 대충 훑어보고는 곧바로 자신이 낫다고 단정해버려 비교할 가치를 느끼지 않는 것 같았다. 예쁘다는 자긍심이 몸에 배어 있었다.

현아의 이러한 행동은 나를 상대로 하여 나타나기도 했다. 한 번은 드라마 촬영장을 지나갈 때였다. 탤런트가 예쁘기도 하지만, 처음 보는 촬영장이어서 넋을 놓고 지켜보았다. 현아는 그런 나를 버려두고 혼자 가버린 일도 있다. 질투심만 강한 게 아니라 이기심도 많아서 자신의 행복을 위해서라면 남들의 시선 따위는 개의치 않았다.

얼마 남지 않은 체류 기간을 연장할까 고민하다가 현아에게 물어보았다.

— 체류 기간이 다 돼서 연장할까 하는데 어떻게 생각해?

현아는 잠시 수심에 잠기는 듯하더니 결혼하자면서 엄마 집에서 벗어나 나와 함께 가고 싶다고 했다. 깜짝 놀라 "아!" 하는 비명이 나도 모르게 튀어나오는 것을 참느라고 입이 반은 벌어졌다. 그러지 않아도 내가 하고 싶은 말이었지만 입양아인 나를 어떻게 생각할지 몰라서 망설이고 있었는데, 뜻밖에도 결혼하자는 바람에 온 세상이 내 것인 양 기쁘고 행복했다. 벅찬 가슴에 그 자리에서 미국 톰슨 어머니에게 전화를 걸어 큰소리로 웃으면서 소식을 알렸다. 어머니는 나보다 더 기뻐했다.

한껏 들떠 있는 내게 현아가 느닷없이 임신이라고 했다. 흠칫 놀랐고 어리벙벙하면서도 갑작스럽게 선물을 받은 기분이었다. 현아는 아기를 낳고 싶지 않다면서 지우겠다고 했다. 아무런 책임감도 없는지, 거리낌 없이 내뱉는 현아의 말 한마디에 나는 겁이 덜컥 났다. 자리를 현아 곁으로 옮겨 앉아 어깨를 감싸 안아주었다. 가정을 꾸민다는 생각에 가슴이 뿌듯하고 책임감이 밀물처럼 밀려왔다.

*

유난히도 맑은 초가을이었다.

현아가 엄마를 만나야 한다는 바람에 은근히 떨리

고 초조했지만, 어차피 겪어야 하는 일이기에 현아를 따라나섰다. 나는 처음 만나는 사람과 인사하는 게 싫다. 사람들은 입양아라고 하면 선입견 때문에 그러는지, 별나라에서 온 사람 보듯 쳐다본다. 어딘가 부족한 사람이 아닐까 하는 눈초리로 훑어보며 얕잡아보려 드는 게 싫다.

현아 엄마가 강남 구의원이라는 것과 체면을 중요시하고 난 척하는 면이 있어서 치켜세워 주든가 비위를 맞춰 주면 좋아한다는 것을 현아가 가르쳐 줘서 알았지만, 비위를 맞춰 줘야 좋아한다는 말이 마음에 걸렸다. 사람의 감정을 읽는 데 미숙하기도 했고 마음에 없는 말은 할 줄 모르기 때문에 걱정이 앞섰다.

고층 아파트들이 겹겹이 서 있는 사이로 햇살이 사선을 그리며 비치고 있었다. 현아 엄마는 강남 '라프리모' 아파트 23층에서 산다. 골동품 수집이 취미인 현아 엄마의 집답게 언뜻 보아도 귀해 보이는 골동품들이 거실 진열대를 메우고 있었다. 벽에는 독일제 뻐꾸기시계가 걸려 있는데, 짙은 갈색의 앙증맞은 새 집에 뻐꾸기가 앉아 있다가 매시간 튀어나와 "뻐꾹! 뻐꾹!" 울어대며 시간을 알렸다.

현아 엄마는 피부가 거칠기도 하지만, 화장을 짙게 해서 그런지 영화 속 술집 마담 같기도 하고, 고생을 많이 한 여인 같아도 보였다. 목소리도 약간 쉰 듯했다.

처음 만났는데 노골적으로 훑어보는 눈빛에서 업신여기는 듯한 느낌을 받았다. 앉으라는 말 한마디에 얼어버린 어항 속 금붕어처럼 소파 귀퉁이에 앉아서 눈치만 살폈다. 입사 면접시험이 이보다 까다롭겠나 하는 생각이 들었다. 어떤 표정을 지어 보여야 현아 엄마가 좋아할지, 손은 어디에다 두어야 할지, 모르는 것투성이인 나 자신이 원망스러웠다.

손잡이가 없는 작은 찻잔에 차를 따라주는데, 어떻게 마셔야 하는 건지 몰라 당혹스러웠다. 현아가 먼저 두 손으로 시범을 보여주며 따라 하란다. 어설프게나마 흉내 내면서 미처 찻잔을 비우기도 전에 현아 엄마는 범인을 심문하듯 꼬치꼬치 캐물었다. 그것도 예의에 벗어난다는 생각이 들 정도로 노골적으로 물었다.

한국인이라면 번듯한 이름 석 자가 있어야 하는데 이름도 없으면서 어떻게 한국인이라고 할 수 있느냐며 못마땅해하는가 하면, 성씨가 있어야 근본을 알 것 아니냐고도 했다. 이름이 마이클 톰슨이라고 해도 가수 이름도 아니고 무슨 이름이 그러냐고 대놓고 면박을 줬다. 몇 마디 나눠 보지도 않았지만, 천박하다고나 할까, 교양 없는 엄마라는 느낌을 받았다.

　— 지금 세상에 누가 출신 성분을 따지느냐고 하겠지만, 그래도 근본이 있는 사람은 어디가 달라도 다른 법이에요. 내가 유명한 작명가를 아는데, 이 기회에 좋은 한국 이름이나 짓지 그래요?

현아 엄마는 내 표정을 살피고는 찻잔을 비우면서 말을 이어갔다.

　— 이름 석 자로 운명이 바뀌는 건데 남자가 이름도 없이 어떻게 험한 세상을 살아가겠어요?

그녀는 이름 운세를 철석같이 믿고 있었다.

나는 내가 이름도 없는 남자라는 걸 처음 알았다. 운명이나 운세와 같은 말의 뜻도 잘 모르지만, 믿고 싶지도 않았다. 궁합을 봐야 하는데 생년월일은 제대로 맞기나 하냐고도 물었다. 나도 내 생년월일을 의심해 보기는 처음이다. 이야기를 듣는 자리가 매우 불편했다.

엄마가 무척 실망하더라고 나중에 현아에게서 들었다. 친부모가 없는 데다가 의사나 박사도 아닌 사윗감은 싫다고 하면서 어른을 빤히 쳐다보는 태도가 버릇 없어 보인다는 것도 반대 이유 중의 하나라고 했다.

— *여자는 남자 한번 잘 만나면 되는 거야. 이것아, 정신 차려!*

현아는 엄마가 말할 때 입을 씰룩대는 흉내를 내보이면서 말했다. 엄마 편이면서도 실은 나를 감싸주는 현아가 고마웠다. 고마워서 현아에게 끌리는 마음은 더욱 짙어져만 갔고 현아를 만나면 즐거웠다. 둘이서만 좋으면 된다고 생각했다.

딸의 임신 사실이 알려지는 것을 원치 않았던 현아 엄마는 서둘러 결혼 날짜를 잡았다. 사윗감이 입양아라는 사실을 숨기고 미국에서 의과 대학을 졸업한 재원이라고 소개했다.

현아 엄마는 결혼식장에 돈을 주고 하객을 불러 모았다. 불러 모은 나의 친척이 50여 명은 족히 돼 보였다. 한 번도 본 적 없는 사람을 내 부모님이라고 내세웠다. 살면서 누구를 닮았을지 항상 궁금했고, 그래서 부모의 얼굴이 어떻게 생겼을까를 떠올려 보곤 했었지만, 막상 부모님이라고 내세운 사람을 보자 고개가 절로 저어졌다.

이름도 유명한 작명가에게 부탁해서 지어 왔다면서

김민수(金敏秀)로 부르라고 했다. 나는 이해가 되지 않았다. 못마땅해하는 내게 현아는 아무 말 하지 말고 그냥 엄마가 하라는 대로 따라 하면 된다고 했다. 우리는 미국에 가서 살 것 아니냐며 나를 위로해 주었다. 예식장에 출현한 생면부지의 내 부모님을 보면서 이게 연기가 아닌 현실이라면 얼마나 좋을까 하는 생각에 비애를 느꼈다.

*

샌프란시스코는 주거비가 비싸서 다리 건너 싼 지역 오클랜드에 자리 잡기로 마음먹었다.

아무리 인터넷으로 검색하고 사진으로 보았다고 해도 보이지 않는 분위기를 감지할 수는 없었다. 거리에서 들려오는 소음, 호흡할 때 걸려드는 특유의 곰팡내, 햇빛이 없는 창문, 이런 건 인터넷으로 알지 못했다. 아파트 세는 마음에 들었으나 지역은 마음에 들지 않았다. 아파트가 가난한 흑인들이 사는 동네라 현아는 싫다고 했지만, 잠시 살면서 돈 좀 벌면 좋은 곳으로 이사하자고 다독여 주었다. 방 하나에 작은 거실과 부엌이 달린 1층 아파트에 보금자리를 차렸다. 살림이라고는 작은 것, 큰 것 합쳐서 여행 가방 네 개가 전부였다.

낯선 지역은 아는 사람도 없고 모든 게 새로웠다. 아파트 매니저를 찾아갔다. 매니저는 자신을 '해리'라고 소개했다.

— 해리, 미안하지만 자동차 좀 빌려줄 수 있겠어요?

안 된다고 하리라는 걸 알면서도 물어보았다.

— 뭐라고요? 차를요?

해리는 뜻밖의 요구에 놀라면서 그렇지 않아도 큰 눈을 더 크게 뜨고 커다란 눈동자를 굴려댔다.

— 네. 초면에 무례하다는 건 알지만, 사정이 딱해서요.

— 얼마를 주시겠어요?

해리는 웃으면서 거절을 농담으로 받아넘겼다. 예상치 못한 농담에 긴장했던 마음이 한순간에 풀렸다. 농담이 섞여 있다는 것은 긍정이란 의미도 된다.

— 돈보다도 뒷마당 잔디밭에 물 주는 건 제가 책임지고 해 드리겠습니다.

— 그래요? 얼마 동안 책임지겠다는 거요?

— 내가 이 아파트에 사는 한은 알아서 해 드리지요.

그리고 아내가 임신 팔 개월이라는 것도 말해 주었

다. 사정이 딱해 보였던지 해리가 주머니를 뒤적이더니 자동차 키를 꺼내 준다.

현아와 함께 쇼핑센터로 향했다. 스마트폰을 개통하고 인터넷을 신청했다. 스마트폰을 받자마자 톰슨 어머니에게 사는 곳을 알려주었다. 어머니는 보고 싶다면서 곧 오겠다고 했다.

아파트 매니저와 약속한 대로 매일 오후 한 차례씩 뒷마당 잔디에 물을 주었다. 수도꼭지에 연결된 호스 끝에 조리를 끼고 들고 서 있으면 물이 분수처럼 뻗어 나왔다. 어디서 날아왔는지 목마른 헬레나벌새가 조리에서 쏟아지는 분수에 기다란 주둥이를 대고 물을 마신다. 엄지손가락만 한 몸통에 두 날개를 어찌나 빨리 흔들어 대는지, 눈에 보이지 않을 정도다. 마치 헬리콥터가 허공을 날다 말고 정지해 있는 것 같았다.

현아 엄마는 헬리콥터 맘이다. 딸 하나뿐이어서도 그렇겠지만 매사에 쫓아다니면서 참견하고 자신이 원하는 대로 하기를 바랐다. 헬레나벌새처럼 욕심도 많아서 딸이 자기 생각에 역행하는 것을 원치 않았다.

출산일을 보름쯤 남겨놓고 현아 엄마가 왔다. 방이

하나짜리 좁아빠진 아파트여서 몇 발짝만 걸어도 벽에 부딪혔다. 현아와 현아 엄마는 방에서 자고 나는 홀로 거실에서 잤다.

현아도 그렇고 현아 엄마도 미국은 부자 나라여서 호화로운 생활만 하는 줄 알았던 모양이다. 현아 엄마는 가난하고 초라한 아파트로 들어서면서 실망이 컸는지 코를 널름거리며 냄새를 맡고 다녔다. 먼동이 트기도 전, 꼭두새벽에 잠이 안 온다면서 거실로 나왔다. 거실과 붙어 있는 부엌에서 불을 환하게 켜놓고 맥스웰 인스턴트커피를 타느라고 달가닥거리는 소리에 눈을 감고 있을 수가 없었다. 커피 향이 코를 자극했다. 할 수 없이 일어나 "나도 한 잔 주세요."라고 말했다.

현아 엄마는 쓰디쓴 한약 한 대접을 마신 것처럼 찌푸린 얼굴을 펼 줄 몰랐다. 원두커피만 마시다가 인스턴트커피를 마시자니 왜 이리도 맛이 없느냐며 불평을 늘어놓아 듣기에 거북했지만, 못 들은 척하고 넘겼다. 현아 엄마가 못마땅해하는 게 다 내 탓인 것 같아서 어떻게 하면 속을 풀어드릴까 하고 고민해 보았지만, 딱히 좋은 아이디어가 떠오르지 않았다.

불평은 커피 맛만이 아니었다. 좁아터진 주방이며

길에서 들려오는 자동차 소리, 위층에서 쿵쿵대는 소음까지 불만스러운 게 한둘이 아니었다. 현아 엄마는 속내를 노골적으로 드러내 보였다. 말하지 않아도 알고 있는 이야기를 구태여 끄집어내는가 하면 대답을 원하는 것도 아니면서 하고 싶은 말은 다 하겠다는 심산인 것처럼 입을 씰룩이며 거침없이 나무라듯 말했다. 듣고 있기에 민망했고 얼굴이 달아오르면서 치욕감마저 느꼈지만, 꾹 참았다.

*

희한하게도 갓난아기의 얼굴에 내 얼굴이 겹쳐 그려졌다. 아기가 나라고 느껴지면서 행복한 것도 같고 어깨가 무거워지는 것도 같았다. 내 아기만큼은 아무런 구김살 없이 자라 주기를 바라는 마음이 구름처럼 피어올랐다.

출산 다음 날 아침에 퇴원하라는 간호사 말에 현아 엄마는 버럭 화를 냈다.

— 세상에, 간호사라면서 산후조리도 몰라?

현아 엄마는 산모가 병원에 더 입원해 있어야 한다

면서 퇴원하는 걸 원치 않았으나 병원 측은 단호했다.
산부인과 의사는 아기를 낳고 난 다음 날부터는 샤워
도 하고 걸어 다니면서 운동하라고 권했다.

현아 엄마는 몸조리하지 않으면 산후 후유증을 어떻
게 감당하려고 그러느냐면서 나를 다그쳤다. 나는 중
간에서 어느 말이 맞는지 알지 못했다. 의사에게 산후
조리를 문의했으나 그럴 필요 없단다. 현아 엄마에게
문화적 차이라고 설명해 주고 집에서 산후조리를 하자
고 했다. 이해가 안 된다는 걸 겨우 애걸하다시피 해명
해 주고 현아와 아기를 차에 태웠다.

― 집이라고 원. 있는 것보다 없는 게 더 많아. 하다못해 미역
  국을 끓이려고 해도 커다란 냄비가 있어야지….

불만을 토로하던 현아 엄마가 짜증스럽게 말했다.

― 자네, 언제까지 이렇게 살 건가?

느닷없이 쏘아붙이는 말에 당황했다. 현아 엄마의
표정이 차갑게 굳어 있었다.

― 내 딸이 고생하는 꼴을 더는 못 봐주겠네. 자네 부모더러
  집이라도 사 달라고 하게.

진심인지, 지나가는 말인지 알 수는 없었으나 나에
게는 비수처럼 들렸다. 문화 차이를 이해한다는 게 얼

마나 어려운 일인가 하는 생각마저 들었다.

농촌에서 사는 톰슨 어머니에게 재정적 여력이 있는 것도 아니고, 여력이 있다손 치더라도 한국서처럼 자식을 위해 집을 사 준다는 건 있을 수 없는 일이다.

좁아터진 아파트에서 매일같이 현아 엄마와 부대끼는 건 견디기 힘든 노릇이었다. 하다못해 화장실에서 물 내리는 소리도 다 들리는데 들리는 소리가 안 들리는 것처럼 하며 지내기란 참으로 어려웠다. 현아와 현아 엄마는 무슨 할 이야기가 그리 많은지, 붙어 앉아서 속닥거렸다.

— *너 이러려고 미국 왔니? 이건 아니다, 얘.*

현아 엄마는 하나를 보면 열을 안다고, 보나 마나 고생할 게 빤하다면서 현아를 충동질했다. 엄마의 말을 귀담아듣던 현아도 마음이 흔들리는 것 같았다.

현아는 자신이 낳은 아기인데도 예뻐하거나 귀여워하지 않았다. 애를 낳으면 모성애라는 게 저절로 생겨나는 줄로만 알았는데 그렇지 않았다. 산모가 아기를 돌보기보다는 엄마하고 이야기하는 것으로 하루를 보냈다.

아기 우유 먹이는 것이며 기저귀 갈아주는 것, 심지

어 목욕시켜 주는 것까지 내게 맡겼다. 내가 아기에 관해서 많이 알아서가 아니라 아기 낳기 전에 병원에서 실시한 출산 교육을 받은 것이 그나마 큰 도움이 됐다.

아기에게 젖병을 물리면 오목조목한 입으로 아귀아귀 빨아댔다. 젖병이 다 빌 때까지 빨아대는 모습에서 살아남으려는 의지가 대단하다는 걸 느꼈다. 아기는 아무것도 모를 것 같아도 배가 고프다는 걸 금세 알아차리고 울어 댔다. 젖꼭지를 물려 주면 언제 울었냐는 듯이 금방 행복해한다. 인형 아기처럼 작지만 갖출 것은 다 갖춘 생명이 아기자기하고 귀여웠다. 요것도 사람인가 하는 생각도 들었다.

현아는 내가 아기 우유 먹이랴, 기저귀 갈아 채우랴, 밤새도록 한잠도 못 자 피곤해하는 걸 보고도 도와줄 생각은 하지 않고 뜻밖의 소리를 해댔다. 엄마 따라 한국에 가겠단다. 깜짝 놀랐다. 얼굴색도 변하지 않고 나불대는 현아가 제정신인가?

놀랍기도 하고 겁도 났지만, 설마 하는 마음이 앞섰다. 진심인지, 아닌지 현아와 단둘이 이야기를 나눠 봤으면 좋으련만 늘 현아 엄마가 지켜보면서 말할 기회를 주지 않았다.

엄마의 그럴듯한 입발림에 넘어가는 현아가 원망스러웠다. 애처롭고 괴로웠다. 내가 나서서 사정도 해 보고 열심히 일해서 잘살아 보겠다고 약속도 해 봤지만, 그때마다 현아 엄마가 끼어들어 될성부른 나무는 떡잎부터 알아본다면서 냉정하게 거절했다.

— 여자의 행복은 결혼에 달린 건데, 현아의 미모에 비해서 사는 게 너무 초라해. 앞으로 발버둥 쳐봤자 얼마나 달라지겠어?

현아 엄마가 입을 씰룩이며 속단해 버리는 바람에 나는 속이 타들어 갔다. 속만 타는 게 아니라 억장이 무너지는 것 같았다. 하늘도 무심하지, 현아는 어느새 가방을 펼쳐놓고 짐을 꾸렸다.

현아를 처음 만날 때처럼 비가 주룩주룩 내리던 날, 현아 엄마는 현아를 데리고 한국으로 가겠다고 나섰다. 말이 현실로 나타나는 것을 보면서 땅이 꺼지는 것 같았고 종말이 온 줄 알았다. 말릴 힘도 없이 원망과 실망으로 뒤엉켜 아기를 안고 우유병을 물린 채로 바라만 보았다.

자책도, 미련도 없이 핏덩이 아기를 버리고 가면서도 두 사람은 부끄러워하지 않았다. 마치 식당에서 음식을 시켜놓고 맛도 보지 않고 보나 마나 맛이 없을 거라며 돈도 내지 않고 나가버리는 손님처럼….

남들이 보기에 무책임하게 보일지는 몰라도 현아 또한 자신의 인생을 아기 때문에 희생할 수는 없다고 했다. 현아는 자기가 낳은 아기보다 자신의 행복과 미래가 더 소중하다면서 어처구니없는 짓거리를 아무것도 아닌 것처럼 떠벌렸다.

택시에 짐을 싣고 떠나는 현아와 현아 엄마를 창밖으로 내다보면서 미혼모만 아기를 버리는 게 아니라는 생각에 자괴감을 느꼈다. 오히려 아빠에게 아기를 맡기고 떠난다고 단순하게 생각하는 모성이 더 많을 것이라는 생각도 해 보았다.

처음에는 현아가 가버렸다는 게 믿기지 않고 어딘가 여행 갔다가 곧 돌아올 것만 같았다. 아기 우유를 먹이다가도 문득 문을 열고 들어서는 현아의 환상을 보기도 했다. 아기에게 엄마의 빈 자리를 채워 주느라고 더 열심히 돌봐 주었다. 그러면서 현아에게 뻔질나게 전화질도 하고, 아기 사진과 문자도 보냈다. 한동안 그 짓을 하다가 전화도 없고 받지도 않는 바람에 싫증이 나기 시작했다. 싫증만 나는 게 아니라 기분 나쁜 의심이 들면서 더는 전화도 안 걸게 되었다.

*

　예나 지금이나 태양은 온 천지에 가득하다.

　캘리포니아의 화창한 햇살이 차창을 통해 쏟아져 들어왔다. 마치 현아와 데이트하는 기분으로 고속도로에 올라와 남쪽으로 향했다. 약속했던 대로 현아를 태우고 내가 사는 집을 보여 주러 가는 길이다.

　서니베일은 내가 부동산 중개업을 열고 칠 년째 다져온 지역이다. 실리콘 밸리를 끼고 있어서 직장을 따라서 이동해 오는 인구가 많다. 당연히 공급과 수요의 불균형으로 집이 없어서 못 팔 지경이다. 세일즈맨으로 시작해서 지금은 직원을 여덟 명이나 거느린 중견 중개업자로 성장했다. 마침 호황기에 접어든 부동산 경기가 호응해 준 것이 행운이기도 했지만, 중국인 부자들이 몰려와 부동산에 투자한 것도 한몫했다. 특별히 중국인 담당 세일즈맨도 따로 두고 있다.

　지난 삶 속에서 내 눈에는 돈밖에 보이는 게 없었다. 그동안 집을 샀다가 되팔기를 얼마나 많이 했는지 모른다. 돈이 남는다고 하면 앞뒤 가리지 않고 팔아치웠다. 헌 집을 사서 새집같이 수리한 다음 모델하우스처럼 꾸며놓고 들어가 살면서 바이어들이 홀딱 반하도록 인테리어를 화려하게 치장하고 가구 하나하나를 규격에 맞게 잘 배치해 놓는 것은 기본이다. 어떤 중국인 바이어는 집만 아니라 가구까지 몽땅 사겠다고 나섰다.

부동산 경기가 과열되면서, 너나 할 것 없이 팔겠다는 가격에 웃돈을 얹어 주면서 경쟁적으로 사겠다고 덤벼들었다. 은행 이자가 45년 만에 최저치를 기록한 게 원인이겠지만, 지난 삼 년은 미국 부동산 경기가 과열 현상을 보였다. 전국 집값이 평균 35% 오른 데 비해서 실리콘 밸리는 90%가 올랐으면서도 집 수요를 감당하지 못했다.

내가 돈벌이에 매달린 데는 현아 엄마가 무시하고 업신여기던 태도도 한몫했다. 일주일에 칠일을 하루도 쉬는 날 없이 뛰어다녔다. 은행 융자로 집을 사서 집세를 받아 은행 월부 상환금으로 돌려놓기는 했지만, 내 이름으로 등기된 집만도 다섯 채나 된다. 일에 푹 빠져 성취감과 만족감에 도취해 살았다.

BMW 600에 현아를 태우고 고속도로를 달리는 기분은 상쾌하고 즐거웠다. 모빌 폰으로 20분 안에 도착할 것이니 집 안의 공기며 온도를 조절해 놓고 커피 끓일 준비를 지시했다. 집에서 상근하는 미셸에게 한 전화다.

옆에서 듣고 있던 현아가 물었다.

— **누구와 같이 살아?**

남자인지, 여자인지 알고 싶은 모양이다. 중성이라고 대답해 주었다. 현아가 곁눈질로 노려보는 게, 동성애자인가 의심하는 눈치다. 현아의 의구심이 더 깊어지기 전에 미셸은 가정부로 일하는 로봇이라고 말해 주었다.

미셸은 혼다 아시오 전자 회사에 특별 주문 제작한 스마트 인공지능 로봇이다. 바퀴가 여섯 개 달린 둥근 스탠드에 두 다리로 서서 자유로이 이동해 다닌다. 수평 운동 관절을 조합한 수평 다관절인 동시에 사람의 팔과 유사한 동작을 수행하는 수직 다관절로 두 팔의 움직임은 실제 사람처럼 자연스럽다. 얼굴은 여자인지, 남자인지 구분이 안 된다. 머리카락은 없고 동그란 두 눈과 작은 스피커가 입 대신 있다. 양쪽 귀는 소리를 들을 수 있는 구멍이 나 있고 가슴에는 스마트폰 모니터가 달려있어서 미셸이 기억해야 할 일과 수행해야 할 일을 안내한다.

집 안 청소는 물론이고 설거지며 그릇 정돈도 잘한다. 자고 난 침대 정리며 벗어 던진 옷가지를 어디에다가 걸어 놓아야 하는지 다 안다. 기억력이 특출해서 주인이 입력시켜놓은 대로 임무를 수행할 뿐만 아니라 잘못된 건 없나 살펴보기도 한다.

미셸이 좋은 이유는 머리를 쓰지 않는다는 점이다. 감정 없이 일에만 충실하고 말대꾸가 없다. 화를 내지도 않고 침울해하지도 않는다. 말썽을 부리지 않는 것은 미셸과 살기를 잘했다고 여기는 첫 번째 이유이기도 하다. 미셸은 먹지도 않는다. 그러므로 배설도 하지 않았다.

늘 그렇듯이 집은 잘 정돈된 모델하우스다. 문을 열고 들어서자 미셸이 먼저 반겼다.

— *안녕하세요? 어서 오십시오.*

목소리에 기계 소리를 깔고 있어서 그렇지, 어휘나 발음은 또렷하다.

— *그래, 커피는 준비돼 있고?*

― 네, 다 준비됐어요.

현아는 신기하다는 듯 눈을 크게 뜨고 미셸을 아래위로 훑어보면서 정말 사람처럼 말한다며 놀라워했다.

이것도 세일즈 전략 중 하나다. 손님의 마음을 움직이게 하기 위해서는 깜짝 놀랄 만한 무엇이 있어야 한다.

탁 트인 거실 한편에는 소파가 있고 램프 테이블을 중심으로 기역 자로 구부러져 러브 시트가 놓여 있다. 75인치 QLED TV에 최신형 DVD 플레이어가 리모트 컨트롤로 작동한다. 벽에 있는 스위치를 켜면 정면의 커튼이 무대 열리듯 갈라지면서 천천히 열린다. 큰 유리 네 짝짜리 슬라이딩 글래스도어를 통해 숲이 한눈에 들어왔다. 숲속의 궁전 같은 집이다.

미셸이 가져온 커피를 마셨다. 혼자 살기에는 너무나 큰집이다. 마스터 침실에는 이탈리아제 킹사이즈 베드에 루이뷔통 베드 스프레드로 커버가 되어 있고 침대 위에는 큰 것, 작은 것 해서 베개가 열 개나 됐다. 깨끗하고 정돈된 베드룸이 마치 왕자님 침실 같아 보였다.

현아는 이것이 비즈니스의 일면이라는 사실을 모른다. 바이어들의 마음을 사로잡기 위해서는 그들이 홀

딱 반하게끔 늘 꾸며놓고 있는 것도 세일즈 전략 중의 하나다. 오늘은 현아가 마치 바이어처럼 세일즈 작전에 넘어가고 말았다.

현아는 내가 왜 결혼하지 않는지 알고 싶어 했다. 여자친구가 없는 건 아니지만 왠지 결혼하기에는 겁이 난다고 말해 주었다. 한 번 실패하고 났더니 결혼은 하기 싫은 것도 사실이다.

현아가 한국으로 떠나기 전날 다시 만났다.

강렬한 오후 햇살이 클록 바 창문을 통해 쏟아져 들어오고 있었다. 현아는 심오한 것도, 관능적인 것도 같은 미묘한 웃음을 지어 보였다. 목소리에 콧바람도 섞여 있다.

— *우리 다시 합치면 안 될까?*

예쁜 미소를 지으며 기대 섞인 목소리로 말했다. 나는 현아를 물끄러미 바라보았다.

— *겁먹을 거 없어. 새로 결혼하자는 것도 아니고 다시 합치자는 건데, 뭐.*

나는 선뜻 대답해 줄 수 없었다. 이럴 때는 침묵이 금이라는 것은 경험을 통해서 알고 있다. 표정을 읽는데 능숙한 현아가 고개를 바짝 쳐들고 전화번호가 적힌 명함을 건네주면서 쌀쌀맞게 말했다.

— *생각해 보고 전화해…*

현아는 결국 자기가 낳은 아이인 스티브는 보지도 않고 떠났다. 어떻게 자랐는지 궁금하지도 않고 보고 싶지도 않은 모양이다. 나를 낳은 친엄마도 어쩌면 현아 같은 여자일지도 모른다는 생각을 해 보았다. 모성이라고 다 같은 모성이 아니라는 사실에 소름이 끼쳤다. 자신이 낳은 자식이 아님에도 불구하고 가슴 아파하며 사랑을 아끼지 않는 모성이 있는가 하면 자신이 낳았음에도 불구하고 애정을 느끼지 못하는 모성도 있다.

하기야 자기 자식만 감싸려는 이기적인 마음이 모성일진대, 모성은 본능이 아니라 만들어진 것이라는 주장도 있다. 마치 둥지 안에서 바꿔치기한 뻐꾸기 새끼에게 모성을 쏟아붓는 오목눈이처럼….

현아가 떠나고 열흘쯤 되었을 것이다. 새벽 5시에 전화벨이 울렸다. 잠결에 수화기를 들었다.

— *나 현안데, 자는 중이야?*

서울은 저녁 9시란다. 지난번에 이야기한 거 생각해

보았느냐고 묻는다.

— 난 널 보고 반했단 말이야. 온통 네 생각으로 잠이 안 와.
그래서 오늘 내가 한잔했거든? 이해해 줘라. 준비되는 대로
너한테 갈 거야. 가도 되지? 왜 대답이 없어? 예스 맞지?

현아는 술주정처럼 혀 꼬부라진 소리를 해댔다. 지
난 칠 년 사이에 현아에게서 바뀐 것은 술을 많이 마
신다는 것과 술주정도 부린다는 것이다.

— 그래그래, 알았어. 자고 내일 통화하자.

— 야, 전화 끊지 마. 너, 내가 좋은 거야? 그거만 말해.

— 좋고, 싫고가 어디 있어. 우린 친군데. 그러지 말고 정신 들
거든 통화하자.

— 그러니까 넌 내가 싫다 이거지?

— 싫긴 왜 싫어. 내가 언제 싫다고 했어?

— 응, 알았다. 그럼 좋다는 말이네….

전화를 끊고 나니 기분이 떨떠름했다. 그리고 다음
날, 또 그다음 날도 전화는 매일 걸려 왔다. 새로 결혼
하자는 것도 아닌데, 다시 합치자는데 그렇게 심각하
게 고민할 것도 못 된다는 현아의 말이 나도 모르게
받아들여졌다.

*

　작지만 붉은 장미 다발을 들고 샌프란시스코 공항에
서 현아를 기다렸다.

　현아는 오른손으론 바퀴 달린 여행 가방을 끌고, 왼
손으로는 네 살 먹은 아이 손을 잡고 걸어 나왔다. 마
중 나온 사람들의 눈길이 내게로 집중되는 것 같았지
만, 아랑곳하지 않고 현아에게 꽃다발을 안겨주고 이마
에 가볍게 키스했다. 아이는 철수라고 했다. 철수와 악
수하고 번쩍 들어 안았다. 철수는 얼굴과 목덜미, 손등
에 부스럼이 심했다. 나면서부터 아토피로 고생 중이란
다. 고생도 고생 나름이지, 가려운 걸 못 긁게 하느라
고 매일 전쟁이란다.

　집에는 스티브와 할머니가 기다리고 있었다. 스티브
는 엄마를 처음 본다. 계면쩍은지 얼굴이 빨개지면서
몸을 비비 꼬며 할머니 뒤로 숨어버렸다. 현아가 다가
가 껴안고 한참을 더듬었으나 어색함을 달래기 위한
제스처에 불과해 보였다. 스티브 역시 엄마라는 사실
이 믿기지 않는지 자꾸 몸을 뒤틀며 내 뒤로 숨으려 들
었다.

동생이라고 소개받은 철수와 스티브는 말이 통하지는 않았지만, 애들은 핏줄이 잡아당기는 것처럼 금세 친해졌고 잘 놀았다. 철수는 스티브를 따라가겠다고 해서 할머니와 함께 머데스토 농장으로 갔다.

현아는 짐을 풀어 침대 위에 늘어놓았다. 워킹크로젯으로 걸어 들어가 오른쪽에 걸려 있는 내 옷들을 보여 주면서 비어있는 왼쪽에 현아 옷들을 걸어놓으라고 옷걸이 여러 개를 건네주었다. 현아는 받아 든 옷걸이는 내팽개쳐놓고 옷을 침대 위에 그대로 꺼내 늘어놓았다. 내가 나서서 옷을 정리해 넣어야만 했다. 세면대에 가 보아도 어지럽기는 매한가지다.

미셸에게 현아의 생활습관을 알려 주고 현아를 따라다니면서 치워 주라고 입력해 두었다. 미셸은 고분고분히 하라는 대로 따랐다.

일주일이 지나도록 철수는 스티브와 같이 먹고 붙어지냈다. 엄마를 찾지도 않았다. 사랑에 굶주린 강아지처럼 형 스티브의 품으로 기어들었고 따라다녔다. 스티브가 학교에 가면 문 앞에 앉아서 올 때까지 기다렸다.

톰슨 어머니의 사랑이 자상하고 너그러워 철수가 귀

여움과 사랑을 독차지하고 있다는 것을 나는 미루어 짐작할 수 있었다.

현아는 아이들이 잘 지내는지 궁금해하지도 않았다. 냉정한 건지, 애정도, 그리움도 없는 건지 자기 행복에만 몰두하는 여자처럼 보였다. 오히려 보채던 아이가 떨어져 나가 시원한 것처럼 홀가분해 했다. 멤버들만 드나드는 네이맨 마커스(Neiman Marcus)에서 명품 핸드백에 선글라스, 목걸이까지 사들였다. 현아는 미국에 살러 온 게 아니라 여행으로 잠시 방문한 사람 같은 인상을 풍겼다.

저녁에는 늘 술을 마셨고 술을 마셔야 잠이 온다고 했다.

현아는 방을 어지르는 데 소질이 있어 보였다. 미셸이 따라다니면서 치워도 못 당하리만치 여기저기 늘어놓고 다녔다. 나갔다가 들어오면서 현관문 앞에 신발을 아무렇게나 벗어 던지면 미셸은 얼른 집어 신발장에 넣었다. 현아가 침대에서 늦게 일어나 화장실로 가면 미셸은 기다렸다는 듯이 쪼르르 달려가 침대를 정돈했다. 현아 뒤만 졸졸 따라다니면서 옷을 벗어놓으면 집어서 옷장에 걸어놓고 부엌에서 음식이라도 먹으려고 움직이다가 그릇이 흩어져 있으면 미셸은 곧바로 설거지하고 제자리에 넣었다. 하다못해 TV를 켜느라고 리모트 컨트롤을 들고 채널을 고르다가 놓으면 쪼르르 달려와 리모트 컨트롤을 제자리에 꽂아 놓았다.

현아는 자신의 뒤를 졸졸 따라다니는 미셸 때문에 못 살 것 같다고 했다. 로봇하고 싸울 수도 없고 따라오지 말라고 해도 현아 말은 듣지 않았다.

짜증스럽다면서 미셸을 따돌릴 방법을 물어보기에 나처럼 미셸이 할 일이 없게끔 먼저 정리정돈을 하면 미셸이 따라오지 않는다고 말해 주었다. 현아는 말 안 듣는 미셸보다 미셸 편을 드는 나를 더 미워했다. 다시 신으려고 잠깐 벗어놓은 양말조차 미셸이 집어다가 세탁기에 넣는 바람에 더는 참을 수 없다고 하소연했다.

미국에 온 지 얼마나 됐다고 현아는 결혼 신고부터 확실히 하자고 덤볐다. 평생 같이 살 건데 결혼 신고가 뭐 그리 급할 것도 없건만 고집을 부렸다. 철수도 학교에 등록해야 하고 자신도 영주권을 받아야 한국에 다녀올 수 있다면서 결혼 신고를 조급하게 서둘렀다. 아무 때 해도 해야 할 결혼 신고인데 기왕이면 현아가 원할 때 해 주는 게 낫겠다고 생각했다.

그러나 나는 적어도 결혼 신고를 하기 전에 해 둬야
할 일이 있다. 야박하게 들릴지 모르겠지만 '혼전 계약
서'를 작성하는 것이다. 혼전 계약서는 결혼 생활 시 규
칙, 이혼 시 재산 분할에 관한 규정이다. 어렵지만 현아
에게 차근차근 설명해 주면서 이해를 구했다. 사람의
일이란 알 수 없어서 언제 어떻게 될지 아무도 모른다
고 말했다. 이혼을 전제로 해서 써 두는 것이 아니라
오히려 결혼 생활을 성실하고 건강하게 유지할 수 있는
효율적 장치에 불과하다고 자세히 설명해 주었다.

그러나 현아는 염려했던 대로 이혼을 전제로 결혼할
것이냐고 화부터 냈다. 사랑과 돈이 반대말은 아니지
만 그렇다고 계산하면서 사는 사람이 어디 있느냐고
따져 물었다.

현아에게서 그런 반응이 나올 거라고 예상은 했으나
반응은 예상보다 거칠었다. 그래도 내 생각은 흔들리
지 않았다. 현아가 훌쩍 떠나버리던 때의 당혹스럽고
참담했던 심정을 잊을 수 없다. 누군가에게는 훌훌 털
어버렸을 법도 하지만 나는 그렇지 않았다. 결혼에 앞
서 사람을 믿지 못한다는 것은 그만큼 사랑하지 않는

다는 말도 되겠구나 하는 생각도 들었다. 행복은 단순해서 믿는 만큼만 이루어진다. 이십 대 때는 오직 사랑만 있으면 다 된다고 생각했지만, 지금은 다르다.

— 혼전 계약서를 어떻게 쓸 건데?

현아가 날카로운 눈초리로 쏘아보면서 말했다. 그녀의 깐깐한 목소리가 따져보자는 투다.

— 5년 안에 이혼하게 되면 지금 상태 그대로 헤어지기로 하고….

미처 말을 끝내기도 전에 발끈하는 목소리로 끼어들었다.

— 허! 그러면 나는 빈털터리로 돌아가란 말 아니야? 그것도 다 늙은 다음에….

현아는 기가 찬 듯 뚫어지게 나를 쏘아보더니 심각한 어조로 말을 이어갔다.

— 사랑은 자유로운 거야. 난 계약서 따위에 얽매이고 싶진 않아.

— 맞아, 사랑은 자유로운 거야. 엄마 말에 휘둘리지 않을 때 자유로워지는 거야. 네 영혼을 찾았으면 해.

현아더러 영혼을 찾으라고 했지만 정작 현아는 알아차리는 것 같지 않았다.

계약서 문제로 며칠이 흘렀다. 혼전 계약서가 없으면 캘리포니아 이혼법은 하루를 살았건, 이틀을 살았건 부부 재산은 반반씩 나눠야 한다.

현아는 사람이 어떻게 사랑만 믿고 사느냐면서 때로는 사랑보다 돈을 더 믿는다며 나를 설득하려고 들었다. 그러나 그동안 내가 사업을 하면서 터득한 지혜가 있다면 그것은 불확실성을 피하는 것이다.

문제는 쉽게 풀리지 않았다. 현아는 엄마와 빈번히 화상통화를 해 댔다. 한번 통화하기 시작하면 한 시간, 두 시간, 끝없이 이야기를 나눴다. 기다리다 못해 혼자 방에 들어가 잠들어 버린 적도 많다.

현아는 자기 스스로 선택해야 하는 일도 엄마가 결정해 주길 바랐다. 멀리 떨어져 있다는 것이 판단에 방해가 되었던지 현아는 엄마를 불러들였다. 현아 엄마는 현아를 보자마자 얼굴이 왜 이렇게 안 됐느냐면서 애처롭게 바라보았다. 서울에서 잘 가꾸고 예쁘게 치장하던 딸이 이렇게 살고 있으니 속이 상한다면서 제대로 된 미용실에 가서 머리라도 하자며 데리고 나갔다.

아닌 게 아니라 미용실에서 머리를 자르고 돌아온 현아는 훨씬 예쁘게 보였다.

현아 엄마는 얼토당토않게 나를 붙들고 은혜도 모르는 괘씸한 사람이라고 나무랐다. 느닷없이 은혜라니?

궁금증은 곧 풀렸다. 유명한 작명가가 김민수라는 좋은 이름을 지어주는 바람에 그 운세를 타고 성공을 이룬 것이라고 했다. 아직도 현아 엄마는 운세라는 운명론에 사로잡혀서 헤어나지 못하고 있었다.

현아는 마음 편히 행복하게 살아야지, 이혼당할까 봐 초조해하면서 살고 싶지는 않다면서 믿을 수 없는 게 남자란다. 현아의 저 말도 제 엄마에게서 들은 소리임이 분명했다.

*

날씨가 매우 변덕스럽다. 잔뜩 흐린 날씨에 가끔 천둥, 번개가 치곤 했다. 당장 결단이라도 날 것처럼 구름이 내려앉더니 비가 쏟아지다가 뚝 그치면서 언제 비가 왔느냐는 식으로 맑게 개었다.

결국, 현아와 현아 엄마는 철수를 데리고 한국으로 돌아가기로 했다. 스티브는 자기 아이로 치지도 않았다. 현아 엄마는 여전히 헬리콥터 맘 노릇을 톡톡히 했고, 현아는 엄마에게 치사하리만치 질질 끌려다녔다.

떠나기로 한 날을 며칠 앞두고 나는 현아에게 넌지시 물어보았다.

― 현아는 남고 엄마 혼자 가시라고 하면 안 될까?

어렵게 현아에게 말을 걸었으나 그녀는 들은 체도 하지 않았다.

― 설혹, 헤어지더라도 우리는 전과 같이 친구야.

그녀가 듣든지, 말든지 나는 다짐하듯 현아에게 말했다.

현아와 현아 엄마는 짐을 꾸려놓고 철수를 기다렸다. 철수는 엄마와 외할머니를 보고도 반가워하지 않았다. 여느 아이들 같았으면 엄마 품에서 떨어지지 않으려고 했겠지만, 철수는 엄마에게 돌아가기를 거부했다. 외할머니는 더욱더 싫어했다. 현아가 철수를 오라고 해도 톰슨 할머니와 같이 살겠다며 톰슨 할머니 뒤로 숨었다. 할 수 없이 톰슨 할머니가 철수를 껴안았다가 풀어주면서 엄마에게 돌아가라고 타일러 주어도 철수는 울음을 터트리면서 막무가내로 톰슨 할머니에게 매달렸다. 보다 못한 현아가 나서서 강제로 철수 손목을 끌어당겼다. 아이는 뒤로 나자빠지면서 발버둥 치며 안 가겠다고 큰 소리로 울어댔다.

사탕의 달콤함을 맛본 아이는 손에 쥔 사탕을 놓지 않는 법이다. 귀여움을 받아야 할 나이에 얼마나 사랑에 굶주렸으면 톰슨 할머니 품에서 떨어지기를 싫어할까? 농촌의 한가로움과 자유로움을 아이는 온몸으로 알아차린 모양이다. 아토피로 흉측했던 피부도 언제 그랬냐는 듯 깨끗하게 다 나았다.

지켜보고만 있던 내가 나서지 않을 수 없었다. 철수는 다음에 데려가면 어떻겠냐고 물었다. 아이를 강제로 끌려가게 내버려 둘 수는 없었다.

옆에서 보고 있던 현아 엄마가 발끈해서 소리쳤다.

— 애, *차라리 잘됐다. 그냥 가자.*

그녀의 쉰 듯한 목소리와 눈빛에는 증오와 경멸이 번득였다.

칠 년 전처럼 현아와 현아 엄마는 택시에 짐을 실었다. 현아가 먼저 차에 타고 현아 엄마가 차 속으로 몸을 숨기듯 들어가 문을 닫고 떠났다.

나는 아이를 버리고 사라져 가는 모녀를 물끄러미 바라보았다. 부도덕한 일에도 부끄러워하지 않는 마음을 가진 사람도 겉으로 보아서는 알 수 없다는 생각이 들었다.

몹쓸 짓을 보고 난 다음의 착잡하고 뒤숭숭함이란. 무엇인가 다 잃어버린 것처럼 심란해서 일할 기분이 아니다. 아이들과 머데스토 톰슨 어머니 집으로 향했다. 기분 전환도 할 겸 뒷마당에서 아이들과 권총 놀이를 하면서 놀았다.

철수가 내 등 뒤에 권총을 들이대면서 손들라고 고함을 지른다. 나는 두 손을 번쩍 들고 "항복!" 하고 외쳤다. 철수는 신이 나는지 기분이 좋아서 크게 웃으면서 "뱅. 뱅. 뱅." 하고 총을 쏘아댔다. 묵묵히 지켜보고 있던 스티브가 철수를 제지했다. 그러면서 항복하고 뒤돌아선 사람을 등 뒤에서 쏘아서는 안 된다고 가르쳐 준다.

— 너는 총을 가지고 있고 아빠는 빈손이잖아. 함부로 총을 쏘면 안 돼. 총을 가진 네가 아빠를 보살펴 줘야 해.

할머니에게서 자란 스티브는 권총잡이의 신사도를 이미 알고 있었다.

누구와 함께 사느냐에 따라서 영혼도 닮아간다는 간단하면서도 사실적 진실을 깨달았다.

철수가 무작정 권총을 쏘아댔기 때문에 권총잡이의 신사도가 무엇인지를 배울 수 있었던 것처럼 무작정

시도하지 않으면 아무것도 배우거나 이루지 못한다는 사실도 깨달았다.

톰슨 어머니가 전화가 왔다면서 받으라고 한다. 공항에서 출발하기 전에 현아에게서 걸려온 전화다. 철수를 서울로 데려다 달란다.

한 달도 넘게 지났다. 철수가 엄마를 그리워할 것 같을 때 즈음에 넌지시 물어보았다. 철수는 고개를 저으며 가기 싫단다. 네 살 먹은 아이에게 무슨 올바른 판단을 기대할 수 있겠느냐만, 그래도 한 인격체로서 자기 의견이 있는 건데 이를 무시하고 의지를 꺾어버릴 수는 없었다. 가기 싫다는 철수는 데려갈 수 없으니 나만이라도 다녀오기로 마음먹었다. 미국에서 깨져버린 대화를 장소를 옮겨 서울에서 이야기해 보는 것도 괜찮을 것으로 생각했다.

*

예전처럼 현아는 엄마와 함께 살고 있었다.

거실엔 골동품이 더 많아진 것 같았고 벽에 걸려 있

는 뻐꾸기시계에서 "뻐꾹! 뻐꾹!" 하고 시간을 알리는 소리도 여전히 들렸다. 뻐꾸기는 늦봄까지 짝을 찾지 못한 수컷이 처절하게 운다던데, 오늘따라 아주 슬프게 들렸다.

우려했던 것처럼 현아 엄마가 싫어하는 기색을 드러내지는 않았다.

서울은 온종일 안개가 끼었다. TV 뉴스에서는 미세먼지가 위험수위라며 외출 시에는 반드시 마스크를 착용하라고 한다. 그다음 뉴스로 25년 전에 스웨덴으로 입양 간 에바 에릭슨이란 숙녀가 친어머니를 찾았다는 뉴스를 보여 준다. 나와 비슷한 사례여서 관심이 쏠렸다. 그동안 친어머니는 딸을 애타게 찾아다녔다면서 모녀 상봉 장면을 보여 주었다. 뉴스를 보면서 어쩌면 나의 친엄마도 미치도록 나를 찾고 있을지도 모른다는 생각이 들었다. 그러면서 은근히 잘 자란 내 모습을 보여 주고 싶다는 욕심도 생겼다.

살면서 아기를 버리고 가버린 무책임하고 매정한 엄마를 생각하는 것은 고통이자 악몽이었다. 엄마를 떠올릴 때마다 미움과 원망이 용광로에서 이글이글 타오르는 불길 같았다. 자신을 버린 엄마에 대한 분노와 증

오가 마음속 깊은 곳에 숨어 있다가 문득문득 솟구쳐 올라오곤 했다.

에바 에릭슨 모녀의 상봉은 어쩌면 내가 엄마에 대해 오해하고 있을지도 모른다는 생각이 들게 했다. 내 친김에 친엄마를 찾아보기로 마음먹었다. 아기를 버려야 할 수밖에 없었던 사연이 무엇이었는지 알고 싶다. 나라는 인간의 시작은 어디였는지, 나는 누구를 닮았는지도 알고 싶다. 엄마로부터 버림받았다는 트라우마로 인한 정신적 고통을 이번 기회에 떨쳐버리고 싶었다.

현아와 함께 홀트 아동복지회를 방문했다. 두 번째 방문 때 종이쪽지에 이름도 없이 달랑 생년월일만 적혀 있는 메모지를 찾아냈다. 베이비 박스에 버려진 아기를 목사님이 거두어 주었다는 기록을 읽었다. 반가우면서도 황당했고 아쉬웠다.

네모난 상자 속에 눈도 뜨지 못한 아기가 누워있는 모습을 그려 보았다. 엄마는 남의 둥지에 알만 낳아놓고 사라진 뻐꾸기 같다는 생각이 들었다. 알에서 깨어난 나는 뻐꾸기인가 하는 생각도 해보았다. 뻐꾸기는 짝사랑의 상징이라던데….

아무것도 얻지 못한 채 빈손으로 돌아섰지만, 나름대로 심리적 치유를 경험했다. 엄마가 남겨놓은 종이쪽지에 굵은 볼펜으로 또박또박 써놓은 생년월일에서 사려 깊은 사랑을 읽었기 때문이다. 생일 없는 입양아가 얼마나 많은데, 나는 확실한 생일을 가지고 있다는 것은 참으로 행복한 일이다. 낳아 주서서 고맙고, 건강한 몸으로 태어났다는 것에 대해 감사한 마음이 들었다.

미륵
彌勒

북 캘리포니아의 늦가을은 비 오는 날이 안 오는 날보다 더 많다. 빗방울이 떨어지는 건 아니었지만, 찌뿌듯한 날씨는 계속됐다.

　사십을 넘긴 딸이 혼자 산다. 결혼하라는 말도 이제 더는 하고 싶지 않다. 제 엄마가 살아 있을 때는 잔소리도 해 보고 얼러도 보았지만, 몇 년 전 자궁암으로 저세상으로 간 다음부터 내가 참견하기도 그렇고 해서 그냥 보고 있다. 잔소리하는 사람이 없으니 딸은 짐을 싸 들고 집으로 들어와 같이 산다.

　늘 일에 빠져 직장만 갔다 왔다 할 뿐 남자에게 관심조차 두지 않던 딸이 결혼은 하지 않고 애나 낳아 기르면서 혼자 살겠단다. 시집도 못 간 주제에 애는 무슨 놈의 애인가 하는 생각이 들었지만, 대놓고 물어보지는 않았다.

　오늘도 딸은 집에 오자마자 고등학교 오케스트라 그

룸 한 해 선배이자 친한 친구와 전화질을 해댄다. 아예 헤드폰을 끼고 부엌과 거실을 오가면서 내가 듣거나 말거나 무엇이 그리 좋은지 시시덕거리며 이야기가 끝이 없다.

— 눈 딱 감고 안 마시면 되잖아, 끊지 못하나?

딸의 물음에 상대방 소리는 들어보나 마나 "네가 몰라서 그렇지, 그거 무서운 거야. 내가 경험해 봐서 알잖니." 하는 게 뻔했다.

선배 남편은 알코올 중독이라 취직했다가 쫓겨나기를 반복했다. 술에 취해 길바닥에 쓰러져 잠든 적도 여러 번이다. 결국, 선배는 이혼하고 일곱 살 먹은 아이와 함께 산다. 그 선배에게서 아이나 하나 있으면 됐지 남편은 필요 없다는 말을 줄기차게 듣더니 딸도 물들고 말았다.

최근에야 알게 되었는데 딸이 다니는 실리콘 밸리 구글 회사에서 여직원들에게 가임 기간 연장을 위해 난자를 냉동시키는 비용을 대신 지급해 준다는 것이다. 난자 냉동 비용은 만만치 않은 금액이다. 대략 13,000~19,000달러를 지불해야 하고 거기에다가 매년 800달러씩 보관료를 따로 내야 한다. 난자 냉동 제도는 여직원에게 하나의 새로운 혜택인 데다가 회사에서 체외 수정에 드는 비용까지 지급해 주겠다니 이는 대단한 특혜인 것이 분명하다.

하지만 이러한 혜택이 내게는 회사가 일하는 여성을 묶어놓기 위한 달콤한 유혹처럼 들렸다. 한번은 딸을 만나러 구글 회사에 갔다가 점심을 같이한 일이 있는데 회사는 여러 군데 캠퍼스로 나뉘어 있으면서 5개가 넘는 구내식당은 모든 메뉴가 다 달랐다. 맛있어 보이는 음식만 골라 먹고, 식사가 끝나고 2층 카페로 올라가 커피를 마셨다. 이 모든 것이 공짜여서 맛이 곱절로 좋았지만, 이런 혜택을 왜 거저 주겠는가 하는 의구심이 들었다. 그러나 딸은 회사의 숨은 의도는 아랑곳하지 않았다.

식사 후에는 회사 투어를 시켜 주는데 인테리어를 봐서는 회사 같은 분위기라기보다는 어느 카페테리아에 온 듯했다. 곳곳마다 쉴 수 있는 공간과 극장, 체육관, 게임룸, 마사지실 등 없는 게 없었다. 세상이 좋아진 걸까?

아무튼, 요즈음 젊은이들은 이런 분위기에서 일한단다.

딸은 회사의 꼬임에 넘어가 난자 냉동을 해 놓은 지 오래됐다고 했다. 난자 냉동 제도를 내 딸이 활용하고 있다니 어딘가 꺼림칙한 생각이 들면서 체외 수정이 뭔지, 제대로 알기나 하는지 의심스럽기까지 했다.

딸은 아기를 낳겠다면서 퇴직금이랑 20년짜리 연금을 받게 되기까지 기다리느라고 출산이 늦어지는 거란다. 사람은 누구나 스스로 행복을 찾아갈 권리가 있다. 늦게나마 아이라도 낳겠다니 다행이기는 하다만, 걱정이 앞서서 물어보았다.

― 아무리 과학이 발달했다고 해도 사람의 생명을 잉태하는데 난자를 얼렸다, 녹였다 해도 괜찮다는 거냐? 거기에다가 체외 수정까지 한다며?

― 염려할 것 없어요, 약간의 리스크는 있어도 문제가 될 만한 건 아니에요.

― 아무려면, 부작용 없는 게 세상에 어디 있겠니?

― 뭐, 임신 후에 두통이 올 수도 있고, 가벼운 조울증 정도? 아니면 홍조 현상 같은 거예요.

딸은 남의 일처럼 별것 아니라고 말했다.

― 아이는 정상이라고 하디?

― 정상이 아니면 뭘 기대하세요?

— 기대한다기보다, 사람다운 사람이냐는 거지….

— 걱정하지 마세요, 한 가지 염려되는 건요, 어쩌면 세쌍둥이가 태어날 수도 있다는 거지요.

— 뭐? 끔찍한 소리 하지 마라. 세쌍둥이, 네쌍둥이가 나오면 어떻게 하니?

— 그럴 확률은 매우 낮으니까 그것도 염려 마세요.

— 그러면 정자는 어디서 구한다디?

— 그건 가장 똑똑하고 남자다운 백인의 것으로 주문해 놨어요.

— 왜 하필이면 백인이야?

딸은 내가 묻는 말은 무시한 채 자기 말만 했다.

— 제 나이에서 성공률은 23~27%에 불과하대요. 그러니까 각별히 조심해야지요. 안정적으로 편안한 마음을 지녀야 해요.

더는 묻지 말라는 소리처럼 들렸다. 그러면서 체외 수정이 기대에 어긋나게 되면 육체적, 정신적 그리고 금전적으로 피해를 볼 거란다. 금전적 문제는 회사에서 비용을 대 준다고 했으니 그 점은 문제 될 게 없다. 그리고 정신적 스트레스와 정서적 문제는 누구에게나 있기 마련이라면서 담담하게 말했다.

생명은 아름답다. 누구도 한 생명의 기회와 성장, 행복을 빼앗거나 방해할 수는 없다. 하지만 남녀 사랑의 결실이 아이인데 사랑 없이 태어난 아이의 인성이 정상일까 하는 우려는 좀처럼 가시지 않았다. 하물며 아빠 없이 낳은 아이의 정서가 과연 괜찮을까 하는 의구심도 들었다. 아무리 과학만을 내세우는 세상이라 할지라도 인간의 생각을 과학이 좌지우지할 수는 없는 것 아닌가. 윤리적인 면도 고려해야 한다. 고귀한 한 생명의 존엄성을 이토록 마음대로 해도 되는 건지….

만일 아이가 성인이 된 다음에 정자 제공자를 찾아나선다면 어찌하겠는가? 생물학적 아버지를 찾아낸 다음 책임을 묻는다면 이런 낭패를 어떻게 감당하려는지, 참담한 마음이 앞선다. 딸은 아무 걱정 없어 보였지만, 나는 그렇지 않았다.

방에 들어가 정자 기증에 관해 인터넷을 들추다가 여러 가지 놀라운 사실을 알게 되었다.

똑똑한 백인의 정자를 선호하는 여성들이 많은 관계로 정자은행은 똑똑한 백인 남자의 정자를 돈을 주고 사들인 다음 원하는 여성에게 비싼 가격에 공급한다는 사실에 놀랐다.

그리고 한 산부인과 의사는 불임 환자를 위한 인공 수정 시술에 자신의 정자를 이용한다는 것이다. 자신의 정자로 태어난 아이가 50명도 넘는다는 기사도 나를 놀라게 했다.

아이가 유치원에 다니면서 가족을 그리라고 하면 자리 하나가 비어있는 그림을 그린다는 사실에 또 놀랐다.

아이는 청소년이 되면서 내가 누구인지에 대한 수수께끼를 풀고 싶어 한다. 하지만 아버지란 자를 만난 적도 없고, 그에 대한 어떤 이야기도 듣지 못했고, 그의 사진을 본 적도 없다. 그의 이름도 모른다. 엄마는 그가 누구인지 모르기 때문에 전혀 이야기해 준 적이 없다. 아이는 아버지를 찾고 싶은 잠재의식에서 자신도 모르게 TV나 컴퓨터 화면에 떠오르는 남자들의 얼굴을 눈여겨본다는 것이다. 혹시 내 얼굴을 닮은 남자는 없을까 하고….

이런 실례들은 아이의 앞날이 무섭다는 생각을 들게 하고도 남았다.

*

하늘은 비가 오려는 건지, 말려는 건지 구시렁대고만 있었다. 부엌에서 커피 머그에 따끈한 새 커피를 블랙으로 담아 들고 창가에 앉아서 먼 산을 바라보았다. 산은 단풍이 아니더라도 이미 가을 색으로 물들어 있었다.

가끔, '나도 총각이었던 시절이 있었나?' 하는 생각이 들 때가 있다.

그러니까, 그게 오십 년도 더 지났다. 그때도 가을이었다. 당시 나는 대학 입시에 떨어지고 재수하고 있었다. 친구들은 종로3가 입시 학원에 다니며 공부했지만, 나는 절에 가 있기로 했다.

청평에서 현리 쪽으로 가다 보면 오른편 개울 건너에 금광 마을이 있다. 일본 강점기 때까지만 해도 금이 나왔다. 그 후에 폐광이 돼서 빈 굴만 덩그러니 뚫려 있었건만 마을 이름은 여전히 금광 마을이라고 불렀다. 초가집이 다섯 채뿐인 아주 작은 마을을 지나 골짜기로 접어들어 올라가다 보면 절이 나온다. 주변은 온통 아름드리 잣나무로 둘러싸여 있고 축대를 쌓아

올려 만든 마당 한가운데는 석등이 서 있다. 석등을 중심으로 대여섯 발짝쯤 물러앉아 규모가 작은 대웅전이 자리 잡았고, 오른편에는 두어 칸짜리 요사채 겸 살림집이 이어져 있다. 부엌이 달린 안방과 연달아서 뒷방이 이어져 있는데 안방 문과 뒷방 문 앞에는 마루로 연결되어 있다. 부엌에서 안방으로 들어가는 쪽문과 안방에서 뒷방으로 건너가는 작은 문도 있다.

삼십 대 중반쯤 되어 보이는 여인이 뒷방을 쓰고 있었는데 내가 오면서 여인은 안방으로 옮겼다. 화장기 없는 얼굴에 피부가 희어서 주근깨가 두드러져 보였고 길지도, 짧지도 않은 생머리를 뒤로 동여매고 있었다.

절에 스님은 안 계셨다. 스님은 충청도 예산 큰 절에 계시면서 절기나 무슨 행사가 있을 때만 이곳에 오신다고 했다. 대신 할머니 한 분이 절을 지키고 있었다. 할머니와 여인은 안방을 쓰고 나는 뒷방을 혼자 차지하게 되었다.

며칠 지나고 나서야 이런저런 불편한 점들을 알게 되었다. 절에는 전기가 없어서 날이 어두워지면 자야 하고 밝아오면 일어나는 단순한 생활 양식을 고수해야 했다. 세수나 발을 씻으려면 계곡으로 내려가야 한다.

할머니 말로는 추운 겨울에는 얼음을 깨고 세수해야 한단다.

아침밥은 안방에 밥상을 차려놓고 세 사람이 둘러앉아서 먹었다. 구수한 된장찌개 냄새가 방안에 가득하고 아궁이에 불을 때서 방바닥이 차지는 않았다. 절에 세 사람밖에 없었지만, 얼굴을 마주하기는 밥상머리에서뿐이었다.

햇볕에 바싹 말린 빨래처럼 뻣뻣하고 윤기라고는 찾아볼 수 없는 할머니의 피부에 검버섯이 군데군데 피어 있다. 머리만 하얗지, 허리도 꼿꼿하고 키도 훤칠한 게 젊어서는 꽤 미인이었을 법해 보였다.

여인은 백일기도 중이라고 했다. 인천 근처 부평에 사는 부잣집 며느리인데 남편이 삼대독자다. 결혼한 지 십 년이 넘도록 태기가 없어서 시어머니가 소실을 들이겠다고 했단다. 합장 기도하는 여인은 아기 하나 점지해 달라는 소망이 간절해 보였다. 아침 식사가 끝나면 여인은 대웅전에서 두어 시간 동안 기도하고 나왔다. 점심 먹은 다음에도 대웅전에 들어가 오후를 보냈다. 백팔배를 하는지 꽤 오랜 시간 기도하는 것은 분명했다. 절실한 것 같아서 이번에는 꼭 임신이 되었으면 하는 마음이 나에게도 전해졌다. 여인의 기도가 막바지에 접어들었다면서 할머니는 입을 삐죽거렸다.

— 기도가 뭐 별건가. 기도해서 애를 배게….

그때 열아홉이었던 나는 머릿속이 혼란스러웠다. 할머니의 속내를 듣고 나니 여인이 가련해 보였다.

저녁을 먹고 나면 금세 어두워진다. 촛불도 귀한 시절이라 설거지할 때나 잠깐 불을 붙였다가 끄는 정도였다. 할머니는 밥상을 밀어 두고 한참 이야기보따리를 풀어놓는 게 낙이었다. 늙으면 부끄럼 없이 아무 말이나 해대서 듣고 있기에 민망할 때가 많았다.

그날 저녁에도 할머니는 젊어서 술 마시고 담배 피우던 이야기부터 시작했다. 한창 젊었을 때는 연한 옥색 고무신이 유행이었단다. 흰 버선에 옥색 고무신을 신으면 자랑하고 싶어서 일부러 치마 춤을 추켜올려 고무신이 보이게 하고 걸었다고 했다. 단성사 극장을 드나들던 이야기도 했다. 그게 다 일본 강점기 때 이야기여서 까마득하게 들렸다.

그때 느닷없이 여인이 끼어들었다.

— 산속에서 살다가 급한 일이라도 생기면 빨리 대처해야 하

*니까 알고 있어야 할 것 같아서 물어보는 건데, 학생 혈액형
이 뭐야?*

— 네?

잠시 어리벙벙했으나 곧바로 비상시 대처라는 말에
수긍이 갔다.

— *O형인데요.*

— *난 AB형이야.*

할머니는 갑자기 무슨 이야기인가 해서 두리번거렸
다. 여인은 아무것도 아니라는 듯이 할머니를 향해 그
냥 하시던 말씀을 계속하라고 했다. 나는 속으로 할머
니에게는 묻지 않는 것이 노인의 피는 쓸모가 없어서
그러나 보다 하는 생각이 들었다.

다시 할머니의 이야기가 이어졌다.

— *내가 한창때는 인기가 많았지. 치마 춤을 살짝 들어 옆으로
조이면 큰 키에 늘씬하거든. 돈화문 앞에 인력거꾼들이 쭉
앉아 손님을 기다리고 있는데 그 앞을 걸어가는 거야. 고개
를 꼿꼿이 들고 말이야. 그러면 모두 눈이 휘둥그레져서 나
를 쳐다보며 침을 질질 흘리더라고.*

할머니는 옛날 젊어서 으스대던 시절의 기억을 더듬
으며 행복해했다.

— 한바탕 휘젓고 저만치 가면 그제야 인력거꾼들이 휘파람을 불어대는 거야.

자신도 젊은 시절이 있었고 전성기 때는 인기 많은 여인이었다는 것을 과시했다. 할머니의 이야기를 듣다 보면 젊었을 때는 남자들이 많이 따랐고 할머니는 그게 싫지 않았던 모양이다.

할머니의 남편은 인력거를 끌던 사람이었다. 남편 이야기는 하지 않았지만, 여한이 많은 것으로 보였다. 자식이 없어서 늘그막에 절에서 밥이나 해 주면서 얻어먹고 사는 고달픈 붙박이 신세가 되고 말았다며 한숨지었다. 할머니는 지금도 후회한다. 젊어서 자식을 낳았으면 늙어 고생은 면했을 터인데 그렇게 하지 못한 것이 한이라며 아이 못 낳은 것을 남편 탓으로 돌렸다. 지금 와서 생각해 보면 차라리 씨도둑질이라도 해서 아이를 낳았으면 좋았을 것을 후회막급이라며 한숨을 크게 내쉬었다.

9월임에도 막바지 더위가 기승을 부렸다. 방문을 활짝 열어놓고 책상 앞에 가부좌를 틀고 앉았다. 마루 너머로 대웅전 마당이 한눈에 들어왔다. 마당에는 외로

운 석등이 서 있다. 몸빼 같은 바지에 검정 남자 고무
신을 신은 여인이 석등을 천천히 돌면서 기도하는 모
습이 보였다. 돌아갈 날이 일주일밖에 남지 않았기에
더욱 열심히 기도를 올렸다.

가을 햇살이 잣나무 숲을 여러 갈래로 파고들어 와
사선을 긋고 있었다. 그중에 한 가닥 빛은 석등과 마주
쳤고 여인이 석등을 돌 때마다 여인의 머리끝에서 발뒤
꿈치를 비추고 지나갔다. 마치 하늘에서 영험한 빛이
여인의 몸을 꿰뚫고 지나가는 것 같았다. 한 발짝씩 내
디딜 때마다 이번에는 꼭 아기를 점지해 달라는 여인
의 간곡한 염원이 절절히 배어 나오는 것 같았다.

할머니는 빨랫감이 있으면 내놓으라고 했지만, 나는
입고 온 옷 외에는 여분이 없었다. 급히 오는 바람에
준비가 너무 허술했다. 갈아입을 옷조차 없어서 속옷
을 빨면 맨 바지로 지내야 했다. 옷을 갈아입지 못했더
니 구질구질하고 고리타분한 냄새가 났다. 빨래보다는
목욕이나 했으면 좋겠다는 생각이 들었다.

오후 늦게 계곡 물가로 내려갔다. 산에서 흐르는 물
은 경사가 급해서 물도 급히 흐른다. 물은 바위와 작은
돌 틈 사이를 비집고 흘러내렸다. 물살은 바위를 뛰어

넘어 폭포처럼 흐르기도 한다. 물 흐르는 소리가 경쾌하고 듣기 좋은 까닭은 걸림돌이 많이 있기 때문이다.

뜻밖에도 여인이 물가에서 빨래하고 있었다. 막상 내려왔지만, 여인이 있어서 목욕할 상황이 아니었다. 곧바로 되돌아가기도 뭐해서 어슬렁대고 있으려니 여인이 밝고 맑은 목소리로 말을 걸어왔다.

— 학생은 어디서 왔어?

— 옥수동에서 왔어요.

— 옥수동이면 서울인가?

— 그렇지요. 서울 맞아요.

— 언제까지 여기에 있을 건데?

— 모르겠어요. 어쩌면 오래 있을 것 같아요. 언제 가실 건데요?

알면서도 이 말 외에는 달리 꺼낼 말이 없었다.

— 다음 주에는 가야 할 텐데, 심란해 죽겠어…

뭐가 심란한지 물어보고 싶었지만, 묻지는 않았다. 집에서 기다리는 사람이 있는 모양이라고 짐작했다.

— 뭐, 빨 것 있어?

— 아니요. 빨래할 것 없어요.

— 그럼 물가엔 왜 왔어?

— 목욕이나 했으면 해서 왔는데 다음에 하지요.

— 아! 그렇다고? 그러면 조 밑에서 해요. 속옷은 이리 벗어놓고, 내가 빨아줄 테니까.

— 괜찮아요, 이따 해도 돼요.

말을 해 놓고 돌아서서 올라가려고 막 한 발짝을 내디디는데 여인이 냉랭한 목소리로 다시 나를 불렀다.

— 학생!

불러대는 말투가 훈육 선생님이 하는 소리처럼 준엄하게 들렸다. 뒤돌아보지 않을 수 없었다.

— 나한테 내외하는 거야? 그럴 필요 없어요. 그냥 조 밑에서 목욕하라니까. 나도 거기서 했다고.

왜 말 안 듣고 딴청 부리느냐는 듯이 빤히 쳐다보면서 명령인지, 반말인지 날카로운 목소리로 쏘아대는 바람에 멈칫했다. 말대꾸했다가는 큰일 날 것 같아서 조 밑이라는 곳을 내려다보았다. 그런대로 숲이 가려져 있고 사람 눈에 잘 띄지 않게 생겼다. 할 수 없이 그리로 내려가 사방을 둘러보았다. 여인 말마따나 괜찮을 것도 같다. 숲으로 가려져 있고 웅덩이처럼 물이 고였다가 다시 흘러나갔다. 골짜기에 물 흐르는 소리가 마치 구슬 굴러가는 소리처럼 맑고 깨끗하게 들렸다. 수량이 많아 한 옥타브 올려 부르는 감미로운 물 합창이 천상의 소리 같다는 생각도 들었다.

으슥한 장소라 마음이 놓여 옷을 벗고 물속으로 발을 내디뎠다. "앗, 차가워!" 소리가 절로 나오는 걸 억지로 참았다. 생각보다 너무 차가워 몸서리가 쳐졌다. 끽 소리도 내지 못하고 살며시 쭈그리고 앉아서 어깨에다가 물을 끼얹었다. 소름이 끼칠 정도로 차가운 기운이 온몸에 파고들어 정신이 번쩍 들었다. 이가 떨려 어금니를 꽉 물었다. 오랜만에 때를 벗기느라고 이리저리 문질렀다. 물을 끼얹을 때마다 소름이 끼치면서 몸이 덜덜 떨리는 것을 꾹 참았다. 손이 닿는 부분은 다 문질렀다. 비누와 수건이 있었으면 좋으련만 아무것도 없으니 그냥 맨 물을 끼얹는 정도로 끝내려고 했다.

— *이리 등을 대요. 밀어줄 테니.*

등 뒤에서 들리는 여인의 목소리에 깜짝 놀라 돌아다보았다. 비누칠한 수건을 든 여인이 서서 나를 보고 있었다. 괜찮다고 몇 번 사양했으나 굳이 밀어주겠다는 바람에 할 수 없이 등을 대 주었다. 여인은 등에다가 물을 끼얹으면서 간질이듯 문질렀다. 여자의 손이 닿는 곳은 등과 허리인데 가슴이 벌렁거렸다. 손이 허리춤으로 내려올 때는 이상한 느낌마저 들었다. 비누칠한 수건이 지나칠 때마다 간지럽고 부드러웠다. 부끄럽기도 하고 좋기도 했으나 빨리 끝났으면 하는 마음이 더 컸다.

다 됐다면서 여인은 비누칠한 수건을 내게 주었다. 그리고 내 속옷을 들고 일어섰다. 알몸인 나는 여인을 바라보기가 민망해서 쳐다보지도 못했다. 얼굴이 달아올랐다. 여인은 혼자 하는 말처럼 내 등 뒤에다 대고 뭐라고 하고 계곡을 따라 올라갔지만 무슨 말인지 알아듣지는 못했다.

쌀이 귀한 시절이라 절밥은 옥수수를 맷돌에 타서 쌀하고 섞어서 지었다. 맨밥보다는 조금 구수한 맛이 돌았다. 반찬은 할머니가 끓여 내놓는 된장찌개와 김치 그리고 나물이 전부였다. 깡 된장에 풋고추를 썰어 넣고 두부가 있으면 넣고 없으면 말았다. 먹을 것이라고는 하루 세 끼 밥밖에 없어서 한창때인 나는 늘 배가 출출했다. 할머니는 가끔 아이 주먹만 한 누룽지를 내게 주기도 했다. 부뚜막에 걸린 무쇠솥에 불을 지펴 밥을 짓던 시절이라 누룽지가 생기는 때도 있었다.

어쩌다가 마을에서 절 일을 도맡아 하는 김 서방이 감자 삶은 걸 가져오기도 했다. 감자를 맨 소금에 찍어 먹는데도 그렇게 맛있을 수가 없었다. 계곡 양편으로는 화전 밭도 일굴 수 없을 정도로 산세가 가팔라서 손바닥만 한 텃밭도 없으니 푸성귀조차 귀했다.

요사채 뒤편 비탈진 언덕에는 산신각이 있었다. 아주 작은 건물이었는데 문을 열고 들여다보면 정면에 산신으로 모시는 호랑이 그림이 자리 잡고 있었다. 가끔 까마귀가 짖어댈 뿐 산속은 늘 고요하다 못해 적막감만 맴돌았다.

산사 생활에는 시계가 필요 없다. 날이 밝으면 일어나고, 저녁을 먹고 나면 곧 어두워져서 자야만 했다. 산속의 밤은 도회지와는 달라 칠흑처럼 어둡다. 하늘에 별이 세세히 보였다. 고요하고 깜깜한 세상에서는 잠도 잘 왔다.

별로 험한 일을 한 것도 아닌데 밤이면 잠에 곯아떨어지곤 했다. 한번 잠들면 아침에 날이 밝아야 눈이 떠졌다.

낮에 여인이 속옷을 빨아서 널어놓았기 때문에 속옷도 없이 알몸으로 잠을 잤다. 깊은 잠에 빠져 있다가 누가 흔들어 깨우기에 눈을 떴다. 방 안이 깜깜하기는 했으나 물체를 분간하지 못할 정도는 아니었다. 누군가가 나를 올라타고 앉아 짓누르고 있었다. "누구요?" 하고 소리를 지르려 했으나 곧바로 "쉬!" 하는 소리와 함께 내 입을 막았다. 그리고 가느다란 목소리로 "조용히 해요!" 하는 여인의 목소리가 들렸다. 심장은 곧바로 속력을 높이는 엔진처럼 뛰기 시작했고 가슴이 벌렁거렸다. 나도 내 정신이 아니었다.

잠시 후에 여인은 아무 일도 없었다는 듯이 일어나 쪽문을 통해 안방으로 넘어갔다. 나는 쿵쾅거리는 가슴을 진정하지 못한 채 멍하니 천장만 바라보았다. 이게 뭐지? 순간, 나를 이용해 임신하려는 모양이구나 하는 생각이 들었다. 이래도 되는 건가? 여자가 남자보다 대범하구나 하는 생각도 들고 뻔뻔스럽다는 생각도 들었다. 한밤중에 자다 말고 벌어진 일이어서 비몽사몽 별별 공상을 다 하다가 다시 곯아떨어졌다.

아침은 늘 쌀쌀해서 손등과 팔을 비벼 살갗에 돋아난 소름을 걷어냈다. 세수하러 계곡 물가로 내려갔다. 산 까마귀가 메아리를 벗 삼아 울어대고 아침 물 흐르는 소리가 감미로운 리듬을 타고 번져나갔다. 세수하고 올라오는데 대웅전에서 주전자를 든 여인이 나오고 있었다. 나는 쳐다보기가 민망해서 고개를 숙였다. 여인은 간밤에 아무 일도 없었다는 듯이 천연덕스럽게 걸어갔다.

밥 먹으라는 할머니 소리를 듣고 안방으로 건너갔으나 얼굴이 화끈 달아올라서 고개를 들 수 없었다. 여인과 할머니의 따가운 시선을 피해 밥을 먹느라고 밥이 입으로 들어가는지, 콧구멍으로 들어가는지 알 수 없었다. 세 사람이 말 한마디 하지 않고 아침을 먹기는 그날이 처음이었다.

아무런 내색도 하지 않는 할머니가 알고 있는 건지, 아직 모르고 있는 건지 짐작이 가지 않았다. 할머니는 그날따라 어른 주먹만 한 누룽지를 갖다줬다.

나는 온종일 꼼짝하지 않고 방에 틀어박혀 지냈다. 누구도 보기 싫었다. 시선이 마주치는 것을 피하면서 민망해하는 증세는 며칠이나 계속됐다. 증세가 가라앉을 때쯤 해서였다. 그날도 저녁 식사가 끝나기 무섭게 뒷방으로 건너갔다. 타다 남은 몽당 초에다 불을 붙였다. 잠시 책을 읽다가 불을 껐다. 엉뚱한 일을 겪고 난 이후 나는 속옷을 단단히 입고 잤다.

자다가 깨어보니 똑같은 일이 벌어지고 있었다. 칠흑같은 벽을 등지고 하복부에 앉아 있는 여인의 검은 그림자만 보였고 어둠 속에서 무겁다는 느낌이 들었다. 이러면 안 되는데 하는 생각과 어쩔 수 없다는 생각이 뒤엉켜서 나도 내 정신이 아니었다. 그러면서도 온몸의 솜털이 곤두서는 아슬아슬하고도 짜릿한 느낌도 받았다. 나이 먹은 어른이 왜 이러나 하는 생각과 할머니한테 들킬 것 같아서 빨리 나가줬으면 하는 바람뿐이었다. 여인은 아무 일도 없었다는 듯이 조용히 안방으로 건너갔다. 자신의 의지로는 어쩔 수 없이 벌어지는 일이라는 건 할 수 없는 것 아닌가 하고 스스로를 위로했다.

아침 밥상에서 마주 앉을 생각이 까마득해서 안방으로 건너가기가 싫었다. 할머니의 재촉에 못 이겨 할 수 없이 밥상머리에 앉았다. 고개를 들지 못한 채 아침을 먹었다.

여인이 절을 떠나는지 밖에서 어수선한 소리가 들렸다. 하지만 나는 내다보지도 않았다.

— 학생. 잘 있어. 이번에는 공부 열심히 해서 꼭 붙어야 해….

나는 아무런 대답도 하지 않았다.

여인이 떠나고 난 절간은 더욱 고요했다. 사람이 비는 건 금세 느껴져서 쓸쓸하고 적막했지만 보이지 않는 압박에서 벗어나 어깨가 가벼워진 것도 같았다.

점심을 먹으면서 할머니는 내가 새로이 해야 할 일이 있다고 했다. 새벽 예불을 드리는 일이다. 원래는 할머니가 해야 하는 일을 여인이 대신하고 있었는데 여인이 떠난 다음에는 내게 떠넘겼다.

어떻게 하는 건지 알아두기 위해 할머니를 따라 대웅전에 들어섰다. 향내가 감돌고 스산한 게 무엇이 나올 것 같은 으스스한 기분을 느꼈다. 벽과 천장은 전통 원색으로 문양을 복잡하면서도 질서 있게 배열하였고 틈새마다 그려진 도깨비 얼굴이 딴맘 먹지 못하게 눈을 부라리고 있었다.

새벽 공양은 성가신 일이었으나 할머니를 도와드린다는 마음에서 기꺼이 맡아서 하기로 했다.

예불은 매일 새벽에 날이 밝자마자 뒷산 산신각 옆, 작은 샘물에서 옥수를 떠다가 부처님께 공양하는 예식이다. 옥수를 주전자에 담아 들고 대웅전에 들어서면

먼저 부처님 불단에 차려있는 초에 불을 붙이고 향을 피운다. 두어 발자국 뒤로 물러선 다음 절하고 옥수를 잔에다 붓고 다시 절한다. 나올 때는 촛불을 꺼야 하는데 입김으로 불어서 끄면 안 되고 엄지와 검지 두 손가락으로 촛불 심지를 잡아서 불을 꺼야 했다.

여인이 떠난 후 나는 매일 새벽 옥수 공양을 드렸다. 혼자 예불을 드리자면 부처님에게 감시당한다는 느낌에 초조하고 긴장됐다. 새벽마다 부처님께 옥수 공양을 드리면서도 부처님을 믿는 것은 아니었다. 그때만 해도 내 의지와는 상관없이 나보다 나이 많은 어른의 말을 공손히 따르는 것이 예의이고 그렇게 해야 하는 것으로 알고 살았다.

새벽 공양은 나에게 득이 되었다. 저녁에 일찌감치 잠자리에 들고 평상시보다 더 일찍 일어났다. 날이 밝기도 전에 세상과 마주하는 체험은 새로웠다. 한창 아침잠이 많은 나이였지만, 부처님은 새벽 세 시에 깨달음을 얻으셨다는 말을 듣고 난 후로는 꼭두새벽에 일어나는 것이 억울하지만은 않았다.

그런대로 새벽 공양에도 익숙해져 갔다. 아침저녁으로 쌀쌀한 바람이 불었다. 우편물은 금광 마을까지만 배달돼서 절의 일을 봐주는 김 서방이 가지고 왔다. 집에서 보내온 겨울옷과 내의가 들어 있는 소포를 열면서 따뜻한 마음도 함께 받았다.

며칠째 일꾼들이 잣을 따고 있었다. 일꾼이 나무 꼭대기까지 기어 올라가 잣송이를 털면 밑에서 주워 담았다. 커다란 잣송이는 아직도 덜 영근 것처럼 푸른빛이 돌았으나 그냥 놔두면 청설모가 다 먹어 치운다면서 서둘러 따는 거라고 했다. 고요하던 산속에 잣송이 떨어지는 소리와 나뭇가지 부러지는 소리가 메아리쳐 퍼져나갔다. 낯선 소음에 놀라 까마귀도, 청설모도 다 달아나고 없었다. 며칠에 거쳐 잣 타작을 끝냈으나 실제로 나는 잣 한 알도 구경하지 못했다.

매일 적막감만 맴도는 산사에 누군가 온다는 것은 놀랄 만큼 반가운 일이다.

먼저 대학에 들어간 친구가 중간고사가 끝났다면서 찾아왔다. 도라지 위스키 한 병과 삼양라면 네 봉지를 들고 왔다. 라면이 귀한 때여서 낯설었지만, 새롭다는 말은 늘 신비를 동반한다. 할머니와 나는 신비스러운 국수에 감복했고 신비스러운 맛에 감동했다. 처음 보는 라면을 할머니는 어떻게 익히는지 알지 못해서 친구가 끓였다. 그러지 않아도 건들대기를 좋아하는 친구는 신이 나서 소매를 걷어 올리고 가마솥에 불을 지폈다. 끓는 물에 라면 세 봉지를 넣고 수프도 털어 넣었다. 할머니와 나는 친구가 하는 짓을 보고만 있었다. 끓인 라면을 양재기에 나누어 담은 쟁반을 들고 방으로 들어갔다. 술잔이 없어서 양재기에 도라지 위스키를 붓고 셋이서 돌아가면서 마셨다. 오래간만에 마시는 술맛이며 라면 맛은 기가 막히게 좋았다. 할머니도 맛있어했다. 그날 밤 우리 셋은 위스키 한 병을 다 비웠다.

아침에 친구가 깨워서 억지로 일어나 개울가에서 세수하고 올라왔으나 그때까지도 할머니는 일어나지 못했다. 골이 아프다면서 그냥 누워있었다. 저러다가 큰일 치르는 건 아닌가 하는 방정맞은 생각도 들었다. 하나 남은 라면을 마저 끓였다. 할머니는 라면을 국물까지 다 마신 다음에도 한동안 누워 있다가 오후가 돼서야 겨우 일어났다. 할머니가 누워있는 바람에 친구와 나는 온종일 굶었다. 절에서 술 마신 죗값을 톡톡히 치렀다. 아침, 점심을 다 거른 친구는 도라지 위스키를 가지고 온 게 잘못이라며 후회했다.

산속의 겨울은 일찍 찾아온다. 눈발이 날린 날도 있었다. 잣나무가 흰 눈을 이고 서 있는 모습은 크리스마스 카드에서나 볼 수 있는 아름다운 그림 같았다.

뜻밖에도 여인이 찾아왔다. 반갑다면서 할머니 손을 잡고 호들갑을 떨었다. 나는 뒷방에서 공부하고 있었으나 안방에서 무슨 일이 벌어지고 있는지 보지 않아도 눈에 선했다. 여인과 할머니가 주고받는 소리도 다 들렸다.

— 이건 할머니 겨울 내의예요. 추울 때 입으세요.

— 뭐 이런 걸 다 사 오고 그래.

그리고 여인이 할머니에게 뭐라고 속삭이는 것 같았으나 들리지 않았다.

— 아유. 잘됐군, 그래. 정말 잘됐어.

할머니의 기뻐하는 목소리가 진심이라는 게 저절로 느껴졌다.

— 시어머니께서 절에 가서 부처님께 공양드리고 오래지 뭐예요.

— 그럼, 그래야지.

두 여자는 좋아서 어쩔 줄을 몰라 했다.

— 학생은 잘 있지요?

— 암, 잘 있지. 학생이 미륵이지, 학생이 미륵이야….

할머니는 내가 미륵이라고 했다. 나는 미륵이 무슨 뜻인지 알지 못했다. 할머니와 여인이 나누는 이야기를 종합해서 짐작해 보면 여인이 임신했다는 것 같았다. 그렇다면 내 아이가 아닌가? 이맛살이 찌푸려지면서 섬뜩하고 꺼림칙했다. 이럴 때는 어떻게 해야 할지 통 알 수 없었다.

안방과 통하는 문이 열리더니 여인이 얼굴을 내밀었다.

— 학생, 잘 있었어?

— ….

나는 차마 쳐다볼 수도, 대답할 수도 없었다.

— 이거, 내의인데 입어.

여인은 신문지에 싼 작은 뭉치를 방바닥에 밀어놓았다.

— 그리고 이건 옥수수를 고아서 만든 엿인데, 먹고 꼭 붙어
   야 해….

듣는 둥 마는 둥 대꾸도 하지 않았다. 문이 닫히는 소리를 듣고서야 뒤돌아보았다. 옥수수엿인가 뭔가 하

는 거엔 관심이 없고 물건을 싸고 있는 신문지가 반가웠다. 몇 달 만에 보는 신문인가? 내용물은 팽개쳐놓고 구겨진 신문지를 방바닥에다가 쫙 펼쳐놓았다.

신문은 뜻밖에도 구문이 되어버린 영자 신문이었다. 『스타 앤드 스트립스』라고 주한 미군들에게 배포되는 신문이었다. 영어에 취미가 있던 나로서는 이렇게 반가울 수가 없다. 신문을 펼쳐놓고 사전을 찾아가면서 처음부터 끝까지 다 읽어 내려갔다. 그중에 나의 눈길을 끈 기사는 급작스럽게 서거한 케네디 대통령 후임으로 들어선 존슨 대통령이 이민과 귀화에 관한 새로운 법에 서명했다는 기사였다. 인권운동이 한창 벌어지고 있을 때여서 존슨 대통령은 인종 차별을 허물겠다는 의미에서 새로운 이민법을 공표했다. 새 이민법으로 한국인도 유럽인들처럼 미국에 이민 가는 길이 열리게 되었다는 기사였다.

여인은 대웅전으로 갔고 할머니는 점심 준비를 하는 것 같았다. 공부가 머리에 들어오지 않았다. 잠시 어디론가 몸을 피했다가 왔으면 하는 생각이 들었다. 밖으로 나와 산신각으로 올라갔다. 잣나무 위에서 까마귀가 "까옥까옥!" 하고 울었다. 울음소리는 맞은편 능선에 부딪혀 메아리가 되어 되돌아왔다.

몹시 춥던 날, 절을 떠나면서 할머니에게 미륵이 무슨 뜻이냐고 물어보았다. 할머니도 확실히는 모르는 것 같았다. 그러면서도 알고 있는 만큼 말해 주었다.

― *믿음을 가지고 부처님께 간곡히 기도하면 미륵이 나타나 염원을 들어준다고 했어…*

*

오후로 접어들면서 비가 내리기 시작했다. 주룩주룩 내리는 빗줄기가 캘리포니아 가을비치고는 제법 굵었다.

내 기억 속의 여인은 모자이크해서 보여 주는 화면 속 얼굴처럼 그렇게 뒤엉켜서 어렴풋이 떠오른다. 지금껏 살면서 나의 동정에 관한 일은 떠올리고 싶지 않은 악몽 같은 사건이다. 사건을 떠올릴 때마다 바보가 되어버리는 것 같은 강박 증세에 시달리곤 한다. 강박 증싱은 무의식 속에 잠재해 있다가 어떤 계기가 되면 나타나 바보 같은 나의 자의식을 괴롭혔다.

때로는 엉뚱한 시나리오에 시달리기도 한다. 만일 아이가 살아있다면 지금쯤 중년일 것이다. 남자인지, 여자인지는 모르겠으나 행복하게 잘 살아 줬으면 모르되 그렇지 않았다면 내게도 유전적 책임이 있을 수 있다.

장애아였을 수도 있고, 희소병으로 고생하고 있을지도 모를 일이다. 백혈병에 걸려 있을 수도 있다. 골수 기증을 받아야 한다면서 나를 똑 닮은 중년이 된 아이가 내 앞에 나타난다면 얼마나 끔찍한 일이냐. 상상만 해도 잠이 오지 않는다. 내가 그 중년 아이를 만나 보기를 원치 않았다는 사실이 드러난다면 자칫 폭행까지 당할 수 있다는 생각에 이르면 머릿속이 하얘지는 느낌이 든다.

더군다나 최근의 뉴스 미디어에 자주 등장하는 "생물학적 아버지 정자 기증자를 찾습니다."라는 소리를 들을 때마다 잠재된 기억이 발동해서 괴로움을 겪는다. 모든 정자 기증자는 자신의 기증을 통해 태어난 아이들이 의학적 사유든, 단순한 호기심이든 자신들의 유전적 계통을 알 권리가 있다는 점을 인식해야 한다는 주장에 나는 아연실색하지 않을 수 없다.

오후 늦게 의사를 만나고 집에 온 딸이 말했다.

— 아빠, 임신에 성공했대요.

말을 해 놓고 나를 처다보는 딸의 발그레한 얼굴로 보아 흥분하고 있는 게 틀림없어 보였다.

벌써 두 번이나 실패한 후에 듣는 소식이어서 당연히 기뻐해 줘야 하겠지만, 꼭 그렇지만도 않다는 생각이 들었다. 그래도 죽기 전에 손자를 보게 될 거라니 기쁘기도 하고 기대도 된다.

— 축하한다. 미륵이 누구냐?

무의식적으로 엉뚱한 말이 툭 튀어나오고야 말았다.

— 네? 뭐라고 하셨어요?

— 어… 그러니까 정자 제공자가 누구냐는 말이다.

일부러 천천히 또박또박 말했다.

— 그거야 모르지요. 알 필요도 없고요.

— 알 필요도 없다. 알 필요도….

나는 혼자 되풀이해서 중얼거렸다.

알 필요도 없다는 말이, 잎이 무성한 나뭇가지를 뚫고 쏟아지는 빗살무늬의 햇살처럼 여러 의미로 갈라지면서 내 머릿속을 헤집고 다녔다. 정말 몰라도 되는 건지, 그래도 대강은 알고 있어야 하는 건지, 아니면 가

짜 인물이라도 내세워야 하는 건지 알 수 없다. 살다 보면 종종 부모의 이름을 적어야 하는 서류가 있기 마련인데, 아버지 이름을 적어야 하는 빈칸에다가 뭐라고 적어야 할 것인지 내가 다 답답했다.

어쩌다가 내 딸이 성모 마리아도 아니면서 동정녀가 아이를 낳게 되었는지 믿기지 않는다.

본질적으로 사랑의 결실이 새로운 생명의 탄생인데, 사랑 없이 인위적 조작으로 성공했다고 할 때 결코 이 생명은 완벽에 가까울 뿐이라는 생각에 이르자 앞이 깜깜했다.

나의 아버지는 내가 태어나고 일 년도 되기 전에 돌아가셨다. 아버지 없이 살아온 나로서 아버지가 없어도 세상 살아가는 데 아무런 지장이 없다는 것을 알고 있다. 아비 없는 자식이라는 놀림은 받았을망정 스스로 존재의 가치를 부여하면서 마음 든든하게 살았다.

지켜봐 주는 아비는 물론이려니와 지켜봐 주지 못하는 아비일망정 그 자체만으로도 고귀한데, 하물며 흔적조차 없다는 것은 생각만 해도 무섭다. 살면서 겪어봐서 아는 거지만, 처음 가는 길은 늘 두렵기 마련이다. 과거의 경험으로 미래를 가늠할 수밖에 없는 건데, 과

거가 없는 세상은 안개에 싸여있는 논두렁길 같다.

아기가 태어난다는 것이 기쁘기도 하고 두렵기도 하다. 아기가 두려운 게 아니라 앞날이 무서운데, 무서우면서도 좋은 건 왜일까?

산비둘기

고국 방문 만찬 자리에서 주 노인은 보이지 않았다.

만찬이라고 해 봐야 고려호텔 삼선암 식당 한편에 소규모 자리를 만들어놓고 쭉 둘러앉아서 저녁을 먹는 자리였다. 저녁상에 대동강 맥주 서너 병 올려놓고 감시원이 평양에 온 것을 환영한다고 몇 마디 했다. 모두 처음 보는 얼굴이다. 맥주 한 잔씩 마시며 악수하고 인사도 나눴다. 뉴욕, 시카고, LA, 샌프란시스코 각처에서 온 미주 동포 조선인민공화국 관광단이 이십여 명은 돼 보였다. 저녁을 먹으면서도 별로 할 말이 없다. 일찌감치 식사를 끝내고 각자 방으로 돌아갔다.

방에는 주 노인이 먼저 와 있었다. 환영 만찬 시간에 어디 갔었느냐고 물어보았더니 모란봉 식당에서 냉면을 먹었단다. 개별 행동은 금지된 것으로 알고 있는데 노인이 모란봉 식당에 갔었다는 말에 귀가 솔깃했다.

물어보지도 않았는데 노인은 호텔 내에 있는 식당은
괜찮다고 했다. 진작 그런 줄 알았다면 나도 같이 갈
걸 하는 생각이 들었다. 냉면 맛이 어땠느냐고 물어보
았다. 노인은 맛에 대해서는 말하지 않고 만날 사람이
있었다면서 엉뚱한 소리만 한다. 속박 속에 갇혀 지내
는 낯설고 살벌한 곳에서 만날 사람이 있다는 게 이상
하게 들렸다. 혹시 이 노인 꿍꿍이속이 따로 있는 게
아닌가 하는 생각을 하면서 슬쩍 물어보았다.

　― 누군데요. 내가 알면 안 돼요?

노인은 긴가민가한 눈초리로 바라보다가 나직한 목
소리로 속삭였다.

　― 이건 내가 좀 불안해서 미스터 윤에게 말해 주는 건데….

잠시 호흡을 가다듬으며 두리번거리는 눈빛이 겁먹
은 고양이처럼 불안해 보였다.

　― 혹시 무슨 일이 벌어지더라도 누군가는 진실을 알고 있어
　　야겠기에 하는 말이요.

노인의 말을 듣는 순간 몸 구석구석이 얼어붙는 느
낌이었다. 괜히 엉뚱한 일에 말려 들어가는 건 아닌지
겁이 났지만, 노인의 입을 막을 수는 없었다. 노인은 남
이 들으면 큰일 날 일이라는 듯 아주 작은 목소리로 소

곤소곤 말을 이어갔다.

— *6·25 때 헤어진 동생에게서 편지를 받았어요.*

나는 정신이 번쩍 났다. 가슴이 두근거리기 시작했다. 마치 간첩과 접선하는 느낌이 들었다.

— *만났어요?*

나도 속삭이듯 목소리를 낮췄다.

— *그게 아니고, 중국 동포 전 씨라는 사람이 가지고 왔어요.*

주 노인이 모란봉 식당에서 만났다는 사람은 중국 동포였다. 가슴이 떨렸다. 지금까지 한 번도 경험해 보지 못했던 공포감마저 엄습해 왔다. 노인이 하는 말을 계속해서 듣다가는 나도 한통속이 될지도 모른다는 생각에 꺼림칙했지만, 낚시에 걸려든 물고기처럼 질질 끌려들어 갔다. 혹시 녹음 장치가 되어 있는 건 아닌지 방 안을 둘러보던 노인이 기침을 두어 번 콜록콜록하고 나서 내게 자초지종을 말해 준 전말은 이러했다.

*

주 노인은 호텔 내에 있는 모란봉 식당에서 냉면을 시켜놓고 중국 동포 전 씨와 마주 앉았다. 몰래 전해주는 동생의 편지를 받아 주머니에 넣는 순간, 가슴이 뛰기 시작했다. 주변을 둘러보았다. 저녁 식사 시간인데도 손님은 노인과 전 씨 두 사람뿐이다. 한복을 곱게 차려입은 종업원은 TV 연속극에 푹 빠져있다. 연속극에서는 독립운동을 하던 오빠가 일본군에게 쫓기면서 이별하는 장면이 나왔다.

전 씨는 나지막한 목소리로 동생을 만나보겠느냐고 물었다. 편지만 전해주는 줄 알았던 전 씨에게서 뜻밖의 제의를 받자 노인은 놀랍기도 하고 떨리기도 했다.

― 어떻게 만날 수 있단 말이요?

― 동생을 데빌고 호텔 2층 로비에 와서 보라색 소파에 앉아 있을 끼니, 주 선생께서는 3층 복도에서 내려다 보시라요.

머릿속이 하얘지면서 아무 생각도 떠오르지 않았다. 긴장되고 초조해서 앉아 있을 수가 없었다. 냉면 맛이 어떤지 입맛마저 달아나버렸다. 얼른 방에 가서 편지를 뜯어보고 싶은 마음뿐이다. 내일 다시 만나기로 하고 서둘러 식당을 나왔다.

― 형님이 보내주신 돈 잘 받았습네다. 지난번에 보내주신 돈으로 뒷거래를 해게지고 당원이 됐습네다. 이제 먹고사는

데는 지장이 없고요. 영옥이는 남편이 교사라서 지금 원산에서 살고 있습네다. 오마니는 돌아가신 지 오래됐고요. 화장해 달라고 하셔서 그렇게 했습네다. 기억하기 좋게시리 기일이 4월 15일 수령님 생신과 같은 날이에요. 오마니 돌아가시던 날 울지도 못했시요. 온 나라가 생일 축하 잔치를 벌이는 기쁜 날 어떻게 울갔시오.

가슴이 두근거렸다. 볼펜으로 또박또박 써 내려간 동생의 편지를 읽고 또 읽었다.

이야기를 이어가던 노인이 내게 편지를 보여 주었지만, 나는 받지 않았다. 읽었다가는 잡혀갈 것 같다는 생각이 들어서였다.

*

미주 동포 조선인민공화국 관광단을 따라 북한에 가보겠다고 아내에게 말했을 때 아내는 고개를 갸웃거리며 "괜찮을까?" 하고 물었다.

— 뭐 별일이야 있겠어? 관광 좀 하겠다는데.

언젠가 한 번 가서 보고 싶은 버킷리스트 1순위에

올라있던 북한이다. 아무나 갈 수 있는 곳이 아니어서 호기심과 궁금증이 넘쳐났다. 미국 시민권자가 북한 관광을 하려면 지정된 여행사를 통해야만 한다. 북한 당국이 짜 놓은 맞춤형 패키지여행이어서 비자 발급이 의외로 간단할 뿐만 아니라 여권에 스탬프도 찍지 않았다. 본국에 돌아가서 불이익을 당하지 않게 흔적을 남기지 않으려는 나름의 배려 차원이란다. 북한 당국도 떳떳하지 못한 비밀스러운 여행이라는 사실을 알고 있는 것 같아서 씁쓸한 느낌이 들었다.

평양으로 출발하기에 앞서 중국 베이징에서 입국에 관한 교육 시간도 가졌다. 여행사 측에서 주의사항이 적힌 규정집 같은 것을 나눠주고 읽어 본 다음에 서명하라고 했다. 여차하면 체포, 구금, 투옥하는 구실로 삼을 수 있는 조건들이 대부분이다. 나는 여행 중에 책을 가지고 다니면서 읽는 걸 즐긴다. 하지만 인쇄물은 반입이 안 된다는 어처구니없는 조항에 실망하지 않을 수 없었다. 인간이라면 누구나 자유로이 책을 읽고 꿈을 그릴 수 있는 건데 그 꿈마저 빼앗아버리겠다는 북한 당국의 처사가 이해되지 않았다.

순안공항은 한산한 지방 공항 터미널처럼 단순했지

만, 그런대로 갖출 것은 다 갖추고 있었다. 여권은 도착하자마자 수거해 출국 전날까지 돌려주지 않았다.

핵무기 문제로 북한 여행이 안 될 거라는 소문이 나서 여행객이 별로 없었다. 양각도 호텔 대신 창광거리에 있는 고려호텔로 여행자들을 한데 모았다. 고려호텔은 양각도 호텔보다 한 급수 위인 데다가 주변에 식당과 맥줏집이 많아서 여행객을 배려하는 차원이라고 했다. 우리보다 앞서 독일 동포들도 와 있었다.

평양에서는 최고급 호텔이라고 해도 화려한 네온사인이나 광고물이 없으니 시골 여관처럼 소박하고 쓸쓸했다. 824호 룸으로 배정받고 룸메이트도 정해졌다. 방은 두 사람씩 자게 되어 있어서 룸메이트는 같은 캘리포니아에서 왔다는 이유로 주 노인과 한방을 쓰게 되었다. 노인은 보통 키에 얼굴엔 검버섯이 드문드문 있을 뿐 정정해 보였다. 자신이 배드민턴 선수란다. 흔히 젊은이에게 주눅 들기 싫어하는 노인이 자신의 건강을 과시해 보이려는 소리처럼 들렸다.

호텔 방에서 창밖을 내다보았다. 3층짜리 허름한 아파트들이 눈에 들어왔는데 꽃 화분들을 아파트 베란다에 내놓은 것이 문화생활을 즐기는 것처럼 보였다. 태양열 충전 판이 아파트 창 밑에 설치된 집도 많았다.

　호텔 방은 단출했다. TV는 조선 중앙 방송, 교육 오락 방송과 중국 방송만 나왔고 주문형 비디오도 있었으나 관심 밖의 것들이었다. 라디오는 있어도 작동하지 않았다. 벽에 그림도 한 장 없이 싱글 침대 둘만 덩그러니 놓여 있었다. 호텔 방이라는 게 마치 감옥 같다는 느낌이 들었다. 내가 먼저 가볍게 웃으면서 말을 걸었다.

　─ 캘리포니아 어디서 오셨어요?

　─ LA에서 혼자 살아요. 미스터 윤은 언제 미국에 갔어요?

　─ 오래됐습니다. 주 선생님은 미국에 사신 지 얼마나 됐는데요?

　─ 딱 오 년 됐어요. 이번에 시민권 따자마자 북한 여행을 신청했지.

　─ 아! 그러시려고 시민권을 받으셨군요. 북한이 고향이신가요?

　갑자기 얼굴이 굳어지고 두 눈을 크게 뜬 노인이 조용히 말하라는 수신호를 보내면서 목소리를 가라앉혔다.

　─ 쉬, 평양이 내 고향이요.

　노인은 누가 듣기라도 하는 것처럼 속삭이듯 말했다. 함부로 떠들어서는 안 된다는 암시를 주는 것 같았다. 고분고분 말을 잘 들어야지, 그렇지 않았다가는 꼬투리를 잡아 집어넣을지도 모른다는 생각으로 숨이 막힐 것 같았다.

가족은 어디에 두고 노인이 혼자 산다는 게 이상하게 들렸다.

— 사모님은 어떡하고 혼자 사세요?

— 미스터 윤이 내 아들 같아서 하는 말인데, 말을 놓아도 되겠지?

노인은 나의 얼굴을 살피다가 내 대답은 아랑곳없이 하던 말을 이어갔다.

— 그동안 쭉 헤어져서 살다가 작년에 이혼했어. 나는 미국에서 살고 싶은데 마누라는 한국에서 아들하고 같이 살겠다는 거야. 영주권을 반납하고 한국으로 돌아간 지도 오래됐지. 내가 한국에 못 나가겠다고 했더니 이혼하자고 하더군.

— 그렇다고 덜컥 이혼하시면 안 되지요. 연세도 있으신데 사모님께서 돌봐주셔야 하는 거 아니에요?

노인이 걱정돼서 한 말이다.

— 내가 재산이 좀 있거든. 그러니까 자식 놈들이 재산 빨리 물려달라고 지 에미를 꼬시는 거지. 마누라는 그것도 모르고 자식들하고 합세해서 이혼하자더군. 알아봤더니 부동산

을 담보로 이미 빼 갈 거는 다 빼 갔더라고, 그까짓 것 이혼

해 주고 훌훌 털고 났더니 오히려 속이 편해.

말은 무덤덤하게 했지만, 얼굴은 애석해하는 표정이
역력했다. 노인의 말투로 미루어 보건대 이혼한 게 아
니라 당했다는 게 맞는 표현일 것이다. 말할 때마다 노
인 특유의 잔기침을 콜록콜록 해댔다. 사정이야 어떻
든 노인이 혼자 산다는 게 안쓰러워 보였다.

관광 첫날 아침에 버스를 타고 간 곳은 김일성 동상
이 있는 광장이다. 개인의 의견은 무시한 채 평양을 방
문하는 사람은 너나없이 나라의 주인인 만수대 언덕
수령님께 참배해야 했다. 그렇게 할 의향이 없으면 아
예 조선을 방문하지 말라고 안내 책자에 굵은 글자로
적혀 있다. 우리 일행은 일렬로 차렷하고 서서 대표가
꽃을 바치고 머리 숙여 절했다. 일제강점기 때 신사 참
배가 이보다 더했을까 하는 생각이 들었다. 네 명이나
되는 감시원이 따라와서 지켜보고 있었다. 보이지 않는
억압은 마치 맷돌 무게만큼 무거웠다.

갓 결혼식을 올린 젊은 부부가 동상에 꽃을 바치고
사진을 찍었다. 짙은 분홍색 치마저고리에 녹색 옷고름

이 길게 너울거렸다. 머리에는 흰 꽃다발을 쓰고 가슴에도 꽃을 달았다. 어디선가 준비하고 있다가 우리 일행이 오는 시간에 맞춰 나온 게 아닌가 하는 인상을 받았다.

주 노인이 슬며시 내게 다가와 나직한 목소리로 들려준다.

— 우리 집이 바로 저 보통강 건너 석암동이야. 내가 다녔던 중학교 역시 같은 석암동에 있었지.

떳떳하게 말하지 못하고 숨죽인 채로 고향 집을 바라보는 노인이 가련해 보였다.

— 그땐 이 언덕에 산비둘기가 참 많았는데…

노인이 혼잣말처럼 중얼거렸다. 비둘기는 귀소본능이 강해서 반드시 고향으로 돌아온다던데, 바로 노인이 비둘기 같다는 생각이 들었다. 하지만 김일성 동상 주변에는 비둘기가 한 마리도 없다. 샌프란시스코 유니언 광장에는 비둘기가 많아서 발끝에 차일까 봐 피해 다니던 생각을 하면 만수대 언덕은 공동묘지처럼 고요하고 생동감이라고는 찾아볼 수 없었다. 적막감만 맴도는 언덕을 서둘러 떠나고 싶어 하는 일행과는 달리 주 노인은 만수대 언덕과 작별하기가 아쉬웠는지 한동안 서성이다가 맨 마지막으로 버스에 올랐다.

오후에는 만경대를 방문했다. 수령님이 어린 시절을 보냈다는 농촌 가옥을 그대로 재현해 놓았다. 역사 교육 현장답게 지도교사를 따라다니는 어린 학생들이 많았다. 학생들은 외국 손님들에게 자리를 양보하는 데 익숙해 있었다. 초가집 방에는 수령님 조부모의 흑백 사진이 벽에 걸려 있다. 북한 사람들에게는 성지순례와 같은 곳이었지만, 우리에게는 보나 마나 한 초가집이었다.

초가집보다는 공원에 핀 오월의 라일락이 수려해서 라일락 향기를 즐기는 것으로 순례를 대신했다.

저녁 식사 시간에 주 노인은 보이지 않았다. 동탯국으로 저녁을 먹고 났으나 딱히 할 일이 없다. 한 패거리는 45층 회전 라운지로 술 마시러 갔고, 다른 사람들은 각자 헤어져 방으로 가는 것 같았다. 일상에서 벗어나 자유로운 게 여행으로 알고 있는데 북한 여행은 호텔 밖에도 나갈 수 없는 속박과 스트레스의 연속이다. 어디를 가나 감시원을 달고 다녀야 한다.

지하에는 노래방이 있다고 해서 내려가 보았다. 감시

원이 따라붙었다. 키가 훤칠하고 잘생긴 청년 감시원이다. 영화 제작반에서 일한단다. 노래방이라고 해도 넓은 극장식 홀에 아무도 없고 감시원과 나 그리고 노래방을 지키는 한복 입은 여인뿐이었다. 여인은 친절하게 어디서 왔느냐며 술도 마시라고 은근히 부추겼다. 사정하다시피 노래를 부르란다. 남조선 노래도 있다면서 목록이 적힌 노트를 내밀었다. 어떤 곡이 있나 들춰봤다. 내가 아는 노래는 〈아침 이슬〉하고 〈우리의 소원〉뿐이다. 그렇다고 좋아하지도 않는 노래를 빈 홀에서 부르는 것은 영 아니었다. 감시원이 먼저 한 곡 부르겠다며 무대로 올라가 〈심장에 남는 사람〉을 구슬프게 불렀다. 듣기 좋은 노래였다. 예술 영화 〈심장에 남는 사람〉의 주제곡이란다. 가사를 적어놓고 따라 불렀다. 어려운 곡이 아니어서 쉽게 익힐 수 있었다. 노래 한 곡 배우고 나오려고 했더니 계산서가 나왔다. 자그마치 일백 달러다.

주 노인은 매일 저녁 중국 동포 전 씨를 만났고, 그를 만나보고 온 다음에는 넋 나간 사람처럼 멍하니 앉아 있으면서 가끔 잔기침을 해댔다. 한방에서 같이 지내다 보니 노인의 사정을 하나둘 알게 되었다.

주 노인이 중학생이었을 때다. 평양에 국군이 들어와 해방된 줄 알았단다. 그러나 그것도 잠시, 겨울로 접어들면서 심상치 않은 분위기로 바뀌었다. 피난민과 뒤섞인 국방군 차량이 밤낮을 가리지 않고 남쪽으로 향했다. 길가에는 헌병들이 서서 교통정리를 하고 있었다. 어머니가 헌병을 붙들고 물어보았더니 "작전상 사흘간 후퇴."라고 했다. 하지만 평양은 불바다가 될 것이라는 소문이 동네에 파다하게 나돌았다. 어머니는 맏아들만큼은 살려야 한다면서 아들에게 피난 가라고 보따리를 등에 메어 주었다.

끼고 있던 금가락지를 빼서 무명 저고리 옷고름을 잘라 가락지 구멍으로 넣고 두어 번 동여맸다. 동여맨 금가락지를 바지춤 안쪽에다 꿰매 주면서 급히 쓸 일이라도 생기면 팔아서 쓰라고 당부했다. 원래는 쌍가락지인데 한쪽은 팔아서 돌아가신 아버지 약값으로 썼다고 했다.

마당에는 아름드리 박달나무 한 그루가 잎을 거의 다 떨구고 가지를 드러내 보였다. 수북이 쌓인 가랑잎은 밟을 때마다 서걱서걱 소리가 났다. 밖은 스산하고 흉흉했다. 그때는 이것이 어머니와 영원한 이별이라는 걸 짐작조차 하지 못했다. 오빠를 따라가겠다고 울어 대는 여동생을 어머니는 눈깔사탕 사 올 거라며 억지로 떼어놓았다. 노인은 피난민 물결에 휩쓸려 남으로 내려갔다.

노인이 모란봉 식당에서 받은 편지가 셋째 동생에게서 온 것이다. 아무리 오래 헤어져 있어도 피는 속일 수 없어 보였다.

두 번째로 받은 편지는 주 노인이 보낸 편지에 대한 답장이다. 주 노인은 다른 동생들은 살았는지 죽었는지, 어머니는 어떻게 사시다가 돌아가셨는지 궁금해했다.

— 영길이 형과 영남이 형은 전쟁 때 염병으로 죽었고요. 오마니는 돌아가시는 날까지 형님이 살아 있다고 믿고 계셨시요. 그러면서 첫새벽이면 장독대에 정화수를 떠 놓고 비셨디요. 추운 겨울에는 대접 물이 얼어버릴 때까지 꼬박 서서 빌곤 했시요. 형님 월남시켰다고 핍박도 많이 받았습네다. 돌아가시면서도 화장을 해 개지고 대동강에 뿌려달라고 하셨시요. 흘러 서해로 가서 형님을 만나야 한다고 했습네다.

주 노인은 편지를 보여 주면서 눈시울을 붉혔다. 어머니는 장남인 주 노인을 끔찍이 위해 주셨다. 일찍이 아버지를 잃은 집안의 가장인 주 노인은 어려서부터 어머니의 사랑을 독차지했고 어머니의 희망이요, 자랑이었다.

얼마나 지났을까. 잠자리에 들 시간이 다 돼서 노인은 내게 당부하듯 말했다.

— *내가 중국 동포를 자꾸 만나면 감시원들 눈에 띌지도 몰라요. 만일 내가 잡혀가게 되면 미스터 윤은 이 사실을 미국 정부에 알려줘야 해요.*

노인은 중요한 말을 할 때면 말을 놓기로 한 약속을 잊어버리는 것 같았다. 속내를 듣고 나니 나도 한통속이 되는 기분이었지만, 고개를 끄덕여 주었다. 그러면서 괜히 쓸데없는 일에 휘말려 들어가는 건 아닌지 하는 생각과 이산가족의 아픔을 돌봐 줘야 한다는 생각이 뒤섞이면서 혼란스러웠다.

*

묘향산 관광길에 올랐다. 버스는 청천강 강변을 따

라 달렸다. 강 건너 산밑으로 엷은 안개에 싸인 평화로운 시골 마을이 보였다. 강물이 깊지 않아 바지만 벗어들고 건너도 될 것 같았다.

버스에는 감시원이 네 명이나 동승했다. 야생동물에게는 먹잇감이냐, 아니냐만 보일 뿐 경치는 눈에 들어오지 않는 것처럼 감시원의 눈에는 매사가 감시 대상으로만 보였던 모양이다. 사진이라도 찍고 가자고 해서 길가에 잠시 내렸다. 마침 북한군 두 명이 낡은 지프를 세워놓고 쉬고 있었다. 좋은 사진 감이라 놓칠까 봐 얼른 찍고 말았다. 사진 촬영은 군사 시설, 빈곤 지역은 물론이고 현지인 또는 가이드 허가 없이 찍는 것을 금한다는 걸 깜박 잊고 있었다.

감시원이 제때 다가왔다. 매서운 눈초리로 노려보더니 왜 찍었느냐고 따져 물었다. 카메라를 빼앗더니 능숙한 솜씨로 삭제해 버렸다. 그런 일이 있고 나서 나는 주요 감시 대상이 되고 말았다. 감시원 눈치를 살피며 다니는 여행은 불편하기 짝이 없었다.

묘향산 관광이라고 해 놓고 먼저 데리고 간 곳이 주석님 부자가 받은 선물을 모아놓은 국제친선전람관이었다. 어딜 가나 안내원은 한복을 곱게 차려입은 여자들이다. 설명도 잘하지만, 농담도 잘 받아넘긴다. 관광객 중에서도 짓궂은 질문을 즐기는 사람이 북한에서도 연애하느냐고 물었다. 안내원은 낯도 붉히지 않고 당연한 것 아니냐고 한다. 여관도 없는데 어디서 연애를 하느냐고 재차 물었다.

― *우리는 치사하게 여관 같은 데 안 갑네다.*

안내원 여자는 갑자기 쌀쌀맞게 돌변했다.

묘향산 국제친선전람관 앞 개울가에서 점심으로 도시락을 까먹었다. 흩어져 앉아서 도시락을 먹는 풍경이 흡사 어릴 적에 소풍 나온 것 같은 분위기다. 개울 저편에서는 아주머니들이 빗자루로 도로를 쓸고 있었다. 감독관처럼 보이는 젊은 여자는 바위 위에 걸터앉아 제법 두꺼운 책을 읽고 있다. 독서가 금지된 마당에 무슨 책을 보는지 궁금증이 발동했다. 나는 가까이 다가가 보았다. 여자가 읽던 책을 접어 들고 일어서더니 나를 경계하듯 바라보는 순간 책 제목이 눈에 띄었다. 김일성 어록이다. 그러면 그렇지 하는 생각이 드는 순간 감시원의 곱지 않은 눈총이 느껴졌다. 나는 슬며시 쓰레기를 모아 담으며 솔선수범하는 모습을 보여 주었다.

　버스는 다음 경유지인 보현사로 향했다. 관광이 허용되지 않는 북한에서 보현사는 원형 그대로 때 하나 묻지 않고 잘 보전되어 있었다. 절에 스님은 없으나 절 직이라는 분이 스님처럼 삭발하고 승복을 입고 있었다. 대웅전 앞뜰에 서 있는 보물 8각 13층 석탑은 과연 보물답게 섬세하고 아름다웠다. 석탑 주변을 서너 바퀴 돌면서 자세히 보았다. 우아하고 화려한 자태에 탄사가 절로 나왔다.

　팔만대장경이 있다고 해서 안내원을 따라가 보았다. 복사본이 여러 권 있다. 임진왜란 때 서산대사가 안치해 놓은 것이란다. 안내원은 생글생글 웃으면서 후일 서산대사께서 묘향산의 아름다움에 매료되어 금강암에서 반생을 보냈다며 서산대사가 써놓은 글을 읽는다.

　"지리산은 웅장하나 수려하지 못하고, 금강산은 수려하나 웅장하지 못하다. 묘향산은 웅장하면서 수려하다." 묘향산이 마치 자기 것인 양 보란 듯이 신이 나서 설명하는 안내원이 더없이 예쁘다. 어쩌면 그렇게 말솜씨도 또렷또렷하게 설명을 잘하느냐고 치켜세워 주었더니 기분이 좋아서 입가에 환하게 웃음꽃을 피운다.

— 보현사는 묘향산 곳곳에 백여 개 암자를 거느리고 있었시요. 상상해 보시라요, 그 규모가 얼마나 대단했는지! 지금은 십여 개만 남아 있는데 그중에 가장 유명한 암자는 법왕봉 자락에 있는 상원암입네다. 묘향산에서도 경치가 가장 뛰어난 곳이디요. 아름다운 경치를 보기 위해 조선 시대 인물들은 다 들렸디요. 추사, 안평대군, 양사언, 석봉, 한호 이분들이 모두 흔적을 남겼디요. 상원암 현판 '향산제일암'은 추사 김정희의 필체입네다.

안내원은 재미있어하는 관광객들을 이끌고 기념품 판매소로 들어섰다. 기념품이라는 게 종류도 몇 가지 없고 시시한 물건들이어서 아무도 거들떠보지 않는다. 돈 쓰는 사람이 없는 게 마치 내 탓인 양 안내원 보기가 민망했다.

돌아오는 버스 안에서 무료함을 달래려고 순번제로 노래를 부르는데 나는 차멀미로 몹시 시달려서 눈을 감고 있었다. 평안남북도의 경계를 이루는 청천강을 따라 길게 뻗은 아스팔트 길에 우리가 탄 버스 외에 차량은 보이지 않았다.

버스가 호텔에 도착했으나 저녁은 시내 유명한 식당

에서 특식을 한다며 내리지 말고 있다가 곧바로 식당으로 갈 것이라고 했다. 나는 멀미 때문에 버스 안에 앉아 있을 수가 없었다. 특식이고 뭐고 방에 가서 쉬어야 했다. 말리는 감시원의 손길을 뿌리치고 방으로 향했다.

침대에서 잠깐 쉬려고 누웠는데 그만 깜빡 잠이 들고 말았다. 눈을 떠 보니 밖이 깜깜하다. 아무래도 저녁은 먹고 자야 할 것 같아서 늦게나마 1층 모란봉 식당으로 내려갔다. 주 노인이 나를 보자 이리로 앉으란다. 노인과 마주 앉아 있는 사람이 중국 동포 전 씨라는 걸 첫눈에 알아보았다. 냉면을 먹으면서 두 사람이 나누는 이야기가 라디오에서 흘러나오는 대화처럼 들렸다.

— 원산에 다녀올 수 있어요?

원산은 노인이 말하는 막내 여동생이 사는 곳이다.

— 그게, 갈 수는 있는데, 가는 데만도 사흘은 걸립네다. 기차를 타고 가야 하는데 당장 표를 구하기도 어렵고, 어쩔 수 없이 돈을 질러주고 구해야 하는데, 뭐, 갈 수도 있지요.

꽁무니를 빼는 건지, 아니면 기꺼이 다녀오겠다는 건지 내가 들어도 감이 잡히질 않았다.

— 언제쯤 갈 수 있겠어요?

— 다녀오라고 하면 알아 보갔시여.

— 그래요. 준비되는 대로 알려 줘요.

노인은 꼭 다녀와야 한다면서 간곡히 부탁했다. 오늘도 전 씨는 노인에게 동생을 만나보겠느냐고 물었다. 노인은 생각해 보겠다고 대답을 미루었다.

유명한 식당에서 특식 저녁이라는 게 궁금해서 물어보았다. 주 노인은 속았다면서 고개를 흔든다. 특식비로 사십 달러씩 받으면서 개고기를 내놓더란다. 시카고에서 온 모녀는 개고기는 먹지 못한다고 입에도 대지 않았으나 음식값은 내야만 했다. 노인은 불만족스러운 특식이었지만 불평을 해서는 안 되는 미묘한 분위기여서 꾹 참았다며 쓴웃음을 지었다.

그 후로도 노인은 중국 동포 전 씨를 몇 차례 더 만났다. 그들이 만나는 자리에 끼어드는 것이 어쩌면 내게 불리할지도 모른다는 생각에 의도적으로 피해 다녔다. 비열하다는 생각이 들었지만, 가능하면 노인의 말을 듣지 않으려고 딴청을 부렸다. 잘못하다가는 "반국가 적대행위를 저질렀다."라느니, "간첩행위를 했다."라는 식으로 조작될 수도 있다는 생각이 들어서였다. 즐거워야 할 여행이 곤욕스러운 사건에 휘말릴지 몰라 은근히 겁도 났다.

고려항공이 순안공항을 이륙하자 안도의 숨이 절로 나왔다. 나보다도 노인에게 아무런 일도 벌어지지 않았다는 것만으로도 천만다행이라는 생각이 들었다. 창밖만 내다보고 있는 노인에게 슬며시 말을 걸었다.

— 어떻게, 동생은 만나보셨어요?

노인은 주변을 둘러보고 나서 소곤소곤 말했다.

— 만나서 손이라도 잡아 보는 것도 아니고, 멀리 3층에서 내려다보고 말라는 건데 그러다가 감시원 눈에라도 띄게 되면, 나야 출국하면 그만이지만 동생에게는 목숨이 걸려 있는 일이라 구태여 모험을 할 필요가 있을까 하는 생각이 들어서 그만두겠다고 했어.

— 원산에는 다녀오라고 하셨고요?

— 그러라고 했지. 동생에게 전해줄 돈보다 경비가 더 든다고 하더군. 그래도 하나밖에 없는 여동생인데 평양까지 왔다가 그냥 갔다고 하면 얼마나 섭섭해하겠어. 그래서 다녀와 달라고 했지.

— 잘하셨어요. 언제 또 이런 기회가 있겠어요.

나는 위로 삼아 노인의 말에 맞장구를 쳐 주었다.

— 그런데 말이야, 전 씨라는 작자가 정말 원산에 다녀올 수 있
는지 그게 의심스러워. 여행 증명이 있어야 기차를 탈 수 있
다던데 과연 해낼 수 있을까?

노인은 반신반의하면서도 다녀와 달라고 부탁했다.
그렇게 하지 않으면 후회할 것 같아서 그랬단다.

*

미국에 돌아와서도 주 노인과는 곧잘 전화 연락을
주고받았다. 나는 딸이 UCLA에 다니고 있어서 LA에
자주 가는 편이다. 갈 때마다 주 노인을 만나 '조선 갈
비'에서 냉면을 먹었다. 노인은 더욱 수척해 있었고 전
보다 잔기침도 자주 했다.

— 중국 동포 전 씨한테서는 연락이 왔어요?

— 웬걸, 그 후로는 한 번도 소식을 못 들었어. 전화도 안 받아.
가다가 잡혔는지, 아예 가지도 않았는지 뭐 전화를 받아야
물어보고 말고 하지.

— 얼마나 줬는데요?

— 여동생 몫으로 5천 달러를 주고, 여비는 별도로 줬지.

— 음, 그거 큰돈이네요. 가지고 도망갔을지도 모르겠군요.

— 글쎄 말이야. 어디에다가 물어볼 데도 없고….

— 중국 동포 전 씨는 어떻게 알게 됐는데요?

이혼하기 전에 마누라가 지인을 통해서 소개해 준 사람이란다. 이혼한 부인을 통하지 않고는 여동생에게 돈이 전해졌는지 알 길이 없어 보였다.

한 번은 주 노인이 나를 방문하겠다고 했다. LA에서 산 호세까지는 비행기로 한 시간이나 걸린다. 노인을 공항에서 픽업해서 집으로 오다가 중국집에 들러 자장면으로 점심을 먹었다. 노인은 수척한 모습 그대로였고 기침도 여전했다. 혹시 무슨 병이라도 있느냐고 물어보았더니 그렇지 않다면서 그 특유의 낮은 목소리로 묻는다.

— 미스터 윤, 내가 말이야. 이곳으로 이사했으면 하는데, 어떻게 생각해?

— 뭐, 나야 좋지요. 가깝게 사시면 말동무도 되고 배울 점도 많고, 괜찮습니다.

— 그래? 그러면 말이야. 어느 아파트가 좋은지 하나 알아봐 주구려.

'갑자기 왜 이런 말을 하지? 잠깐 다녀가는 게 아니

라 눌러앉겠다는 건가?' 노인의 속내는 알 수 없었지만, 다음 말은 끌려가듯 이어갈 수밖에 없었다.

— 그래요. 한인 타운 근처에 월세 아파트들이 있기는 한데 빈방이 있으려나 모르겠네요.

— 쇠뿔도 당장에 뽑으랬다고, 어디 같이 가보지 그래.

얼떨결에 노인을 모시고 세놓는 아파트를 보러 다녔다. 그런대로 빈 아파트는 더러 있었다. 여러 곳 둘러볼 것도 없이 노인은 계약하겠다고 나섰다.

내가 사는 곳에 놀러 오는 줄 알았는데 갑자기 아파트를 얻어 이사하겠다는 게 석연치 않았다. LA에는 딸도 있다고 들었는데 자식과 멀리 떨어져 살겠다고 해도 되는 건지 그것도 쉽게 이해가 되지 않았다. 노인의 행동이 이상하게 보였지만 그렇다고 대놓고 물어보면 싫어하는 기색처럼 보일 것 같아서 그냥 노인의 체면을 살려주려고 아무 말도 하지 않았다.

햇살 가득한 오후, 이삿짐 트럭에서 짐을 내렸다. 우리 집 근처로 이사 온 노인은 아는 사람이 없어서 온종일 나만 기다리고 있었다. 잔기침이 잦은 노인은 고통과 외로움을 숙명처럼 껴안고 산다. 그렇다고 내게 금전적 신세를 지겠다는 것도 아니어서 나 역시 부담 없이 그의 아파트를 드나들었다.

노인의 살림살이라는 게 모두 구닥다리여서 새것으로 바꾸자고 했더니 그러겠단다. 최신형 TV도 들여놓고 커피 메이커도 제일 비싼 독일제로 샀다. 정수기는 일제 칸켄으로 설치해 주었다. 퇴근길이면 잠깐씩 들려 이것저것 필요한 것을 돌봐주곤 했다.

아내는 왜 잘 알지도 못하는 노인을 집 근처에 데려다 놓고 매일 거기에 시간을 허비하느냐고 불평이었다. 그도 그럴 것이, 퇴근하면 집에서도 할 일이 많다. 아이들은 대학교 기숙사에 가 있어도 부부가 일하다 보면 늘 집 안이 엉망이다. 청소도 해야 하고 장도 봐 와야 한다. 그렇게 스케줄이 꽉 차 있는데도 노인에게 들러 한두 시간씩 소비하고 오는 남편을 이해할 수 없었을 것이다.

― 당신도 봐서 알잖아, 사정이 딱한 노인인데 어떻게 매정하게 굴 수 있겠어.

― 그래도 그렇지, 떡하니 집 근처에다 모셔다 놓으면 당신이 책임지겠다는 거 아니야?

― 책임은 무슨. 책임질 거나 있어? 노인 사는 건 노인이 알아

서 사는 거고 우린 우리대로 사는데 뭐가 걱정이야.

— 노인 건강은 모르는 거라고. 당장 돌아가시기라도 하면 어쩌려고 그래.

— 미국인데 사회보장국에서 알아서 해 줄 거 아니야, 왜 그런 것까지 걱정해.

— 그래도 난 몰라. 주 노인인가 뭔가, 딸한테 연락해서 여기서 산다고 알려줘.

아내는 불만이 많았지만, 한편으로는 걱정도 해 줬다. 보나 마나 아는 사람이 없어서 외로울 게 뻔하니 교회에 모시고 나가자고 했다. 나는 속으로 아내가 고마웠다.

노인은 교회에 출석하면서 훨씬 생기가 돌았다. 말동무도 생기고 점심을 먹으러 나다니기도 했다. 어느 날은 영화 구경도 하고 왔다며 좋아했지만, 잔기침은 잦아들 기미가 보이지 않았다.

세월이 좋아지면서 건강 상식도 많이 알게 되고 훌륭한 건강 보조식품도 종류가 여러 가지다. 기관지에 좋다고 해서 배도라지 차도 마셔 보라고 갖다줬고, 기침이 멎는다고 해서 프로자임 프로폴리스 영양제도 구해다 줬건만 거들떠보지도 않았다. 병원에라도 가 보자고 했으나 노인은 괜찮다고만 했지, 나서려고 하지 않았다.

한 번은 따님이 LA에서 산다니 연락을 해 둬야 하지 않겠느냐고 물어보았다. 전화번호라도 달라고 했으나 노인은 모른다면서 주지 않았다. 이혼하고 난 다음 자식들은 모두 마누라 편이 돼서 연락도 끊겼단다. 그래도 그렇지, 노인이 혼자 산다는 게 보기에 불안했다. 아내는 쓸데없는 걱정거리를 만들었다고 나를 원망했다.

가을이라고 해도 쌀쌀하지 않으니 가을 같지 않다. 반소매에 반바지를 입고 나섰다. 옷에 계절이 있는 것은 맞다. 그러나 옷은 기온에 맞게 입는 것이 기본이고 계절에 맞게 입는 것은 그다음이라는 생각이 든다. 노인의 입장을 헤아리는 것도 좋지만, 아내의 원망을 들어줘야 하는 게 먼저다.

요새 들어 노인은 눈에 띄게 살이 빠지고 기침도 잦았다. 몸에 열이 난다고도 했다. 그대로 두면 안 되겠기에 아내와 나는 안 가겠다는 노인을 억지로 차에 태워 병원으로 향했다.

의사는 흉부 X선 필름만 보고도 금세 폐의 이상 징

후를 읽었다. 전산화 단층 촬영으로 폐암을 확진했다. 종양의 위치와 전이를 파악하고 3개월을 넘기기 어렵다고 했다. 더군다나 어떤 치료 방법도 없을 만큼 상태가 늦었다며 먹고 싶은 거 먹고, 하고 싶은 거나 다 하라는 말만 듣고 돌아왔다.

그날따라 노인이 사는 아파트는 컴컴한 폐광처럼 싸늘하고 침침했다. 노인은 다 알고 있었으면서 나를 속이려고 한 게 아닌가 하는 생각에 노인과 마주 앉았으나 딱히 할 말이 없었다. 괴괴한 침묵만이 겨울밤 정적처럼 나를 짓누르고 있었다.

아내는 햇볕이 들어오게 커튼을 활짝 열었다. 소리가 나야 사람 사는 집 같다면서 TV를 켜고 커피도 끓이고 사과도 깎았다. 침울한 분위기를 깨트리려면 무슨 말이든 해야만 했다. 노인에게 왜 이렇게 되기까지 내버려 뒀느냐고 원망 섞인 어조로 말문을 열었다. 그리고 앞으로 어떻게 할 거냐고 물었다.

노인은 담담한 표정으로 입가에 엷은 미소까지 보이면서 차분히 말을 꺼냈다.

　— 사실 이런 이야기는 하고 싶지 않지만, 이제 다 끝난 것 같아서 하는 말인데….

그는 하던 말을 잠시 멈추고 아내가 가져다준 커피 잔을 들고 한 모금 마셨다.

*

노인은 전쟁이 끝난 후 고향에 돌아가지 못하고 서울에 눌러앉았다. 어렵게 살던 시절, 동대문 시장을 기웃거리다가 장사하는 아내를 만났단다. 그때는 밥이라도 얻어먹을 수 있는 일자리만 있어도 감지덕지하던 때였다. 아내는 위로 오빠가 둘, 밑으로 남동생이 둘 있는 오 남매 중 외동딸이었다. 자식이 둘이나 있는 전쟁 미망인인 아내는 노인보다 다섯 살이나 많았다. 노인은 아내가 운영하던 가게에서 종업원으로 일하다가 결혼식도 없이 그냥 같이 살았다. 둘 사이에서 태어난 아이는 낳자마자 죽었다.

친척들이 다 모여서 왁자지껄할 때면 자신만 외톨이라 허전했다. 외로움에 시달리던 노인은 북한에 살아있을 동생들 소식이 궁금했다.

나이도 들고 세월도 좋아져서 아내의 딸 초청으로 미국까지 오게 됐다. 발이 넓은 아내의 도움으로 북한

동생들이 생존해 있다는 소식도 들었다. 늘그막에 재산을 동생들에게 조금이나마 주고 싶어서 방법을 찾아보았다.

— 내가 돈을 북쪽 동생들에게 주겠다고 했더니 자식들이 발끈해 가지고 제 엄마를 들쑤셔서 결국 이혼까지 하게 됐다네.

커피잔을 비워가며 차근차근 이야기를 이어가는 노인의 표정이 허망해 보였다.

— 미국 시민권이 있어야 북한 방문이 허용된다고 해서 내가 시민권을 받자마자 방북 신청을 했지. 그런데 의사가 폐암이라고 하는 거야. 만일 치료를 받으면 얼마나 더 살 수 있느냐고 물었더니 2~3년 정도는 살 수 있다더군. 이제 다 산 인생, 힘겨운 항암 치료 견디면서 2~3년 더 살면 뭐하나. 그래서 치료를 포기하고 북한에 다녀온 걸세.

말하는 동안 노인의 얼굴에선 어떤 슬픈 기색도 읽을 수 없었다. 죽어도 애석하거나 슬플 게 없다는 담담한 표정이었다. 말할 때마다 기침만 콜록콜록해 댈 뿐 오히려 잔잔한 미소마저 엿보였다.

— 이제 죽을 준비만 하면 되는 거야.

그는 남의 얘기를 하듯 담담하게 말했다.

그날부터 우리 부부는 은근히 바빠졌다. 직접 대놓고 물어보기도 뭐해서 노인 모르게 이것저것 알아보며 다녔다. 어느 공원묘지를 선택해야 할 것이며 장례는 어떻게 치러야 하는지, 목사님께 물어도 보면서 알아둬야 할 게 많았다. 노인 혼자서 음식을 해 먹는 것도 힘들 터이니 밥하고 청소해 주는 아주머니를 구해 연결해 주었다. 노인의 생애가 얼마 남지 않았다는 사실을 알고 난 아내는 예전처럼 불평을 늘어놓지도 않았다.

노인은 하루가 다르게 수척해 갔다. 뼈에 가죽만 붙어 있는 것처럼 보일 정도로 말랐다. 숨도 쉬기 힘들어했다. 힘이 없어서 혼자서는 일어서지도 못할 지경이었으나 정신만은 또렷했다.

나는 퇴근길에 들러 보살펴줄 것이 없나 하고 찾아보다가 이제 더는 미룰 게 아니라 장례에 관해서 노인의 생각을 물어보기로 했다.

— 장례 준비를 해야 할 것 같은데 어떻게 생각하세요?

노인은 기다리고 있었다는 듯 준비해 두었던 말을 꺼냈다.

— 미스터 윤, 내일 날 병원에 좀 실어다 줄 수 있겠나?

— 모셔다드려야지요. 그런데 병원엔 왜 가시려고요?

― *의사 선생님께 알아볼 게 있어서 그래.*

다음 날 노인을 모시고 병원에 갔다. 노인은 휠체어를 타고 의사와 마주 앉았고 나는 옆 의자에 앉았다. 노인은 의사 선생님께 긴요하게 물어볼 게 있어서 그런다면서, 미안하지만 밖에 나가 기다려달라며 빙긋 미소를 지어 보인다. '노인이 나 몰래 의사와 의논할 게 뭐가 있담?' 하는 생각이 들었지만, 묻지는 않았다. 밖으로 나오면서 진료실 문을 닫았다.

얼마만큼 지났을까? 의사가 휠체어를 밀면서 나왔다. 노인에게 볼 일은 다 봤느냐고 물어보았다. 노인은 웃으면서 이제 됐다며 내일부터 호스피스가 집에 와 주기로 했단다. 잘됐다는 생각에 나까지 한숨이 놓인다.

다음 날 오후, 노인이 사망했다는 전화를 받았다. 가슴이 철렁 내려앉으면서 올 것이 왔구나 하는 생각이 들었다. 아내와 나는 병원으로 달려갔다. 간호사는 기다리고 있었다는 듯 주치의부터 만나보란다. 의사는 담담한 표정으로 차분하게 말을 꺼냈다.

― *노인이 임종을 기다리기보다는 안락사를 원해서 호스피스를 집에 보내드렸던 겁니다. 캘리포니아에서는 안락사가 합법이니까요. 시한부 환자가 누릴 수 있는 특권이기도 합니*

다. 노인은 편안하고 품위 있게 죽기를 원했어요. 미스터 윤에게는 비밀로 해 달라고 해서 알려드리지 못했습니다.

의사는 당연히 해야 할 일을 했다는 식으로 표정도 변하지 않고 담담하게 말했다. 나는 혼란스러운 설명에 떨고 있는 아내의 마음을 진정시켜 주기 위해 어깨를 꼭 안아주었다.

주인 잃은 노인의 아파트는 스스로 알아차린 듯 쓸쓸한 적막감만 맴돌았다. 방은 잘 정돈되어 있었고 침대 옆 램프 테이블 위에 편지가 놓여있었다. 겉봉에 미스터 윤이라고 쓰여 있고, 봉투에는 편지와 함께 때가 꾀죄죄하게 찌든 천으로 동여맨 빛 잃은 금가락지가 들어 있었다.

─ 미스터 윤, 그동안 신세 많이 졌어요. 염치 불고하고 마지막으로 부탁 하나 더 해야겠소. 내 시신은 화장해서 재는 한국 백령도 북서쪽 바다에 뿌려 주시게. 금가락지는 평생 내 몸에 지니고 다닌 어머니 유품인데 서해에서나마 어머니를 만나 돌려 드리고 싶어서 그러네. 제발 부탁이니 들어주기 바라오. 변호사에게 신탁증서를 미스터 윤 앞으로 해 놓았으니 고향에 가지 못하는 실향 노인들을 위해 써주

기 바라오.

눈에 고인 눈물에 가려 글씨가 잘 보이지 않았다. 편
지를 아내에게 건네주고 창가로 다가가 커튼을 열었다.
하늘은 맑고 푸르렀다. 비둘기 한 마리가 날아가는 모
습이 환영처럼 보였다.

샤넬 돋보기안경

동생이 우리 집으로 들어온 지도 석 달이 지났다.

올케가 죽고 난 다음, 동생에게 남겨진 것은 빚뿐이었다. 동생은 아들이 둘이나 있으나 누구도 돌봐주겠다고 나서지 않았다. 큰아들은 일본 여자와 결혼해서 동부에서 살고 작은아들 와이프는 미국 여자여서 머물 곳이 못 됐다. 아들이 둘이면 목매라고 하더니 바로 동생네를 두고 한 말 같다. 갈 곳이 마땅치 않던 동생은 짐을 차에 싣고 우리 집으로 들어왔다.

처음에는 동생의 처지가 딱해서 돌봐주기로 했는데 차츰 동생의 본성이 드러나면서 못마땅한 게 한둘이 아니다. 동생은 먹는 게 남편과는 판이하다. 남편은 채식 위주로 먹는데 동생은 고기가 없으면 밥을 먹어도 먹은 거로 치지 않았다.

한 번은 코스트코에서 통닭구이를 사 왔다. 동생은 다리 하나를 뚝 떼어 아귀아귀 먹었다. 고깃점을 뚝뚝

흘려가면서 허겁지겁 입으로 꾸겨 넣는 게 보기에 안 좋아 보였다. 그것도 모자라 가슴살을 게걸스럽게 뜯어먹는 동생의 입과 양손에는 기름이 번지르르 묻어 있었으나 별로 개의치 않고 옆에 있던 종이 타월로 쓱쓱 닦아버렸다.

*

북 캘리포니아의 겨울은 눈 대신에 비가 내린다. 겨우 내내 내리는 비는 북동풍에 밀려 높은 시에라 네바다 산맥으로 옮겨가서 눈으로 변한다. 시에라 네바다 산맥에 쌓인 눈은 일 년을 두고 녹아내려 주민들의 식수를 해결해 준다.

비가 내리던 11월이었다. 동생한테서 올케가 폐암 진단이 나왔다는 전화를 받았다. 갑작스러운 통보에 충격이 너무 커서 들고 있던 스마트폰을 떨구고 말았다. 평생 담배를 피워본 일도 없고, 크게 병치레를 해 본 일도 없는데 폐암이라니….

올케는 얼마 전에 종합검진을 받고 체중이 조금 빠졌다고 좋아했다. 그것도 잠시였다. 잔기침이 멎지 않기에 폐렴에 걸렸나 해서 병원에서 엑스레이를 찍었다. 담당 의사는 필름을 보고 의심스럽다면서 다음 날 MRI 촬영에 들어갔고, 폐암 선고를 내렸다. 매년 건강 검진을 받았는데 그때마다 이상 없다고 하더니 이게 웬 날벼락인가?

의사는 종양이 심장 뒤에 가려져 있어서 쉽게 찾아낼 수 없었다고 했다. 폐암도 종류가 여러 가지여서 수술할 수 있는 폐암은 그나마 좀 나은 편이지만 올케의 폐는 깨알같이 작은 암들이 퍼져있다면서 항암 치료 외에는 다른 방법이 없단다.

올케가 암에 걸렸다는 소리를 듣던 날 저녁 남편과 함께 동생네로 갔다. 썰렁한 집 안은 TV도 켜지 않은 채 온통 침통한 분위기만 흐르고 있었다.

— *어쩌다가 네가 암이라니, 이게 어떻게 된 거냐?*

올케는 말 한마디 하고 눈물을 닦고 또 닦기에 바빴다. 누구나 다 그렇겠지만, 올케는 정말 죽기 싫어했다. 의사가 한 말은 주로 동생이 전해 주었다.

올케의 폐암은 동생 탓이 크다. 동생이 담배를 못 끊고 지겹도록 피워대더니 그것이 원인이 되었을 것으로 짐작된다. 그것보다도 분수에 넘치는 새집을 사서 이사

할 때 이미 알아봤다. 저따위 짓 하다가 언젠가 큰일 치르지 하는 생각이 들었지만, 그때는 말릴 수도 없었다. 그들이 새집으로 이사한 후에야 알았으니까.

*

UCLA에서 박사 과정을 밟고 있는 딸한테서 전화가 왔다.

— 엄마, 외삼촌이 내 방을 쓰고 있다며?

— 그래. 어쩔 수 없어서 그렇게 됐다.

— 난 싫어. 내 방에서 담배 냄새나는 거 싫단 말이야. 다른 데로 옮기면 안 돼?

— 글쎄, 할 수 없이 그렇게 됐으니 네가 이해해라. 언제 집에 올 거냐?

대답하면서도 떨떠름하게 느껴져서 얼른 말꼬리를 돌렸다.

— 내 방도 없다면서 집엔 가서 뭐해?

— 아. 그거야, 네가 오기만 한다면 방을 비워 주지. 그건 염려 마라.

— 그래도 난 싫어. 외삼촌은 나만 보면 언제 시집갈 거냐고 물

어 싸서 듣기 싫단 말이야.

― *다 너를 걱정해서 그러는 거야. 좋게 이해해라.*

― *아무튼, 외삼촌이 집에 있는 한 난 안 갈 거야.*

딸은 퉁명스럽게 말을 내뱉고 전화를 끊었다. 마흔이 다 되어 가는 딸이 지금껏 박사학위에 매달리는 것은 남편의 책임이 크다. 고리타분한 구닥다리 남편은 딸이 교수가 되어야 한다고 귀가 닳도록 세뇌시켰다. 딸은 교수가 뭔지 제대로 알지도 못하면서 시키는 대로 하다 보니 여기까지 오게 됐다. 어쩌면 닮을 게 없어서 자기주장 없이 시키는 대로 따라 하는 버릇은 날 닮았는지….

딸은 공부하는 걸 별로 좋아하지 않았다. 몇 번이고 그만두겠다는 걸 굳이 박사학위는 받아야 한다는 남편의 고집 때문에 지금껏 공부에만 매달려 있다.

정오가 되자마자 남편은 점심 먹으러 2층에서 내려왔다. 어찌나 점심시간을 그리도 잘 맞추는지, 은퇴 후로 2층 컴퓨터방에 틀어박혀 있다가도 끼니가 되면 정확하게 시간을 맞춰서 내려오곤 한다. 뭔 남자가 시계만 쳐다보며 기다리고 있다가 내려오는 모양이다.

남편에게는 채소와 심심한 된장국으로 점심을 차려

주고, 동생에게는 장조림에 돼지고기 김치찌개를 내주었다. 두 사람의 식성이 달라도 너무 달라서 식탁 차리는 게 부담이다.

점심상에 앉자마자 동생이 말을 꺼냈다.

— 아까 문희한테서 전화 온 모양이지?

동생의 말투로 미루어 무언가 빈정대려는 것 같이 들렸다.

— 그래. 뭐 잘들 있느냐는 전화지, 별거 아니야.

— 걔도 시집을 보내야지, 나이가 몇인데 붙들고 있으면 어떻게 해요.

— 붙들긴 누가 붙든다고 그래. 좋은 사람이 없어서 그러는 거지.

— 사람을 고르니까 없는 거 아니에요?

— 고르기나 할 사람이라도 있다던?

— 그러면 지금까지 사람이 하나도 없었단 말이에요?

동생은 따지듯이 물었다. '얘가 오늘 왜 이래, 누구 화내는 꼴을 보고 싶어서 이러나? 이럴 때일수록 말려들지 말고 차분하게 대꾸해 줘야지.'

— 하나도 없었던 건 아니지만, 그렇다고 아무하고 덜컹 결혼하란 말이냐?

— 아, 자기들만 좋다면 하라고 해야지요. 망설일 게 뭐가 있어요. 책임질 것도 아니면서.

— 너는 딸을 길러보지 않아서 몰라. 딸은 아들하고는 달라.

옆에서 듣고 있던 남편이 거들었다.

— 암, 다르고말고. 아들이야 자기가 알아서 가겠지만, 딸은 한국 남자를 골라줘야 해.

— 미국에서 서로 눈에 맞으면 결혼하는 거지 고르고 자시고 할 게 뭐가 있어요? 문희는 아직 연애도 한 번 못 해 본 모양이지?

그러면서 동생은 심술궂은 미소를 지어 보였다. '얘가 우리 문희를 뭐로 보고 이러는 거야. 이래 봬도 낼모레면 박사야. 이럴 때 그냥 넘어가면 안 되지.'

— 아무려면 너희 애들처럼 연애질이나 해대고 다니는 줄 아니?

부아가 나서 한마디 해 주고 말았다.

*

동생에게 올케는 과분한 여자였다.

내가 한국에 나가 올케를 처음 만났을 때는 이미 아

이가 둘이나 있었다. 올케는 고등학교 영어 선생을 하고 있었는데 보기에도 매우 이지적이었고 반짝이는 두 눈에서 열정과 야심이 넘쳐 보였다. 오랜 사회생활에서 배어난 세련미와 반은 사무적인 태도가 나로 하여금 긴장을 풀어놓지 못하게 했다. 가족이지만 터놓고 농담도 걸 수 없는 사람처럼 보였다.

동생은 형제들도 피할 정도로 자기 멋대로 살았다. 하지만 아버지를 닮아 허우대는 멀쩡하다. 어머니는 늘 아버지가 장관감인데 줄을 잘못 서는 바람에 자리에 앉지 못했다면서 아버지의 외모를 남달리 높이 평가했다.

동생이 한국에서 살 때는 한 번도 제대로 된 직장이 없었다. 그래도 인물이 번듯하고 잘생겨서인지 여자 복은 타고났다. 올케가 교편을 잡고 있을 때 동생은 집에서 살림을 도맡아 했다. 아이를 등에 업고 부엌일을 하면서도 콧노래를 불러댈 정도로 낙천적이었다. 그런 동생을 볼 때마다 못마땅했다. 아이를 둘씩이나 기르면서 집안 살림을 하는 동생을 보다 못해 미국에 이민시켜 줬다. 미국에 와서 두 아이 교육에 전념하면서 집도 사고 살림도 늘려가는 모습이 보기에 나쁘지 않았다.

미국에서 살다 보면 문화가 달라서 실수하는 일이 흔하게 벌어지기 마련이다. 근본 처지를 다 알고 있는 친척들이 모여 앉으면 우스갯소리로 실수했던 이야기를 털어놓고 한바탕 웃어넘긴다. 그럴 때도 올케는 좀처럼 말려들지 않았다. 어쩌다가 지나가는 말을 해도 자신이 당했다는 이야기는 꺼내지 않았다. 타고난 성격이 그런 건지, 자신의 실수를 인정하는 데 인색했다.

가끔, 올케가 신문을 읽을 때면 그녀의 눈에는 옅은 돋보기가 끼어 있었다. 커다란 유럽풍 안경테에 푸른 기가 번뜩이는 유리알이 날카롭게 보이는 돋보기를 끼고 있는 올케는 마치 기숙사 사감처럼 보였다. 멋지기도 했지만, 돈푼 꽤나 들인 안경처럼 보였다. 올케가 안경을 하도 애지중지해서 감히 한번 써 보자는 말도 내비치지 못했다.

동생은 특별히 기술이 있는 것도 아니어서 막노동을 했다. 그래도 머리에 든 건 있어서 나중에 건축업자 면허증도 땄다. 동생이 살만해지면서 내 집에 드나들던 발길도 뚝 끊다시피 했다. 서로 바쁘게 살다 보니 특별한 날이 아니면 굳이 만날 이유도 없었다. 자식들이 다 커서 혼기에 접어들면서 동기간에 만나야만 하는 때가 돼서야 다시 왕래가 트였다.

*

그때도 가을이었다. 한동안 소식이 없더니 어느 날 동생한테서 댄빌 새집으로 이사했다는 연락이 왔다. 나는 반신반의하면서도 축하할 일이어서 집들이 겸 새 집을 가 보았다. 새집만 지은 동네에 이 층 집이 널찍하고 고급스러워 보였다.

차도 작은아들이 대학을 졸업하고 애플 회사에 취직하면서 첫 월급으로 사서 준 벤츠 스포츠카를 끌고 다녔다. 아들이 제 엄마에게는 효자 노릇을 톡톡히 해댔다. 올케는 비싼 집에 살면서 명품 차를 타고 선글라스까지 걸치고 나니 영락없이 할리우드 영화배우 같았다. 남들이 보면 샘이 날 정도로 가질 것은 다 가지고 있었다. 고개를 꼿꼿하게 쳐들고 있는 올케의 자태가 집과 잘 어울렸다.

선망과 질시의 대상까지는 아니더라도 나는 동생네 재정 능력을 알고 있었던 터라 이렇게 호화로운 집에서 살아도 되는지 의구심이 들었다. 새집에는 내야 하는 월부금과 재산세가 만만치 않을 터인데 어찌 다 감당하려는지 은근히 걱정도 됐다. 그것도 하루 이틀도 아니고 30년 동안 월부금을 문다는 게 얼마나 힘든지 알기나 하는지? 무지하면 용감하다더니, 동생이나 올케가 세상 물정을 몰라도 너무 모른다는 생각도 들었다.

분수에 넘치도록 갑자기 부자가 된 올케에게 농담삼아 말을 걸었다.

— 무슨 돈 잘 버는 비결이라도 있어?

— 잘 벌기는요. 있는 거 가지고 떠벌린 거지요.

— 있는 거라니. 소도 비빌 언덕이 있어야 비빈다고 했잖아. 그 언덕이 뭔지 좀 가르쳐줘.

— 언덕은 무슨 언덕. 능력껏 사는 거지요.

'어라, 이것 봐라. 능청을 떠는 게 해 보자는 거야? 뭐야.'

— 언제는 능력껏 살지 않나? 그 능력이라는 게 뭐냐고 묻잖아?

말을 뱉어놓고도, 내가 한 말이 마음에 들지 않았다. 즉시 말꼬리를 돌리고 싶었다.

— 이만한 집에서 살려면 월부금도 만만치 않을 텐데, 한 달에 얼마나 내?

올케는 하고 싶지 않은 말을 해야만 하나 하는 뜨악한 표정을 짓더니 한마디 했다.

— *한번 잘살아보겠다는데 뭘 그렇게 꼬치꼬치 따지세요?*

더는 할 말을 잃었다. 왜 질투하듯 심술궂게 구느냐로 들렸기 때문이다.

집으로 돌아오는 길에 동생에게서 들은 이야기를 남편에게 해 주었다.

몇 달 전부터 새집을 보러 다녔는데 일주일 후에 가 보면 십만 달러가 올랐고, 일주일 후에 가 보면 또 십만 달러가 올라가 있더란다. 몇 달 사이에 수십만 달러가 올라가는데 그만 머리가 회까닥하는 바람에 덤벼들고 말았다고 했다. 재정적 능력이 뒷받침되지 못해서 작은아들까지 끌어들였다. 아들은 장가든 다음 2층에서 살기로 하고 자기들은 아래층에서 살 것이란다. 말은 그럴듯했다. 두 집이 한 지붕 아래서 살겠다는 것이다. 아들이 장가도 안 들었는데 아들의 봉급을 이 집에다가 묶어놓으면 어쩌자는 것인지….

옛날 한국식 아이디어를 끌어내 집을 사다니, 걱정이 앞섰다.

*

'비우량 대출 모기지' 금융위기를 겪으면서 동생네는 누구보다도 타격이 컸다. 동생이 하던 집 수리업도 일감이 없어서 손을 놓고 말았다. 엎친 데 덮친다고, 올케도 직장에서 쉬라는 통보를 받는 바람에 집 월부금도 낼 수 없게 되었다. 처음 몇 개월은 아들이 내줬지만, 봉급을 톡톡 털어서 집 월부금을 물고 나면 남는 게 없었다. 거기에다가 철따구니 없는 아들이 직장 동료인 미국 여자와 결혼하겠다고 나섰다.

며느리가 들어오면서 상황은 급변했다. 아파트를 얻어 신혼살림을 차렸다. 아들이 이사 나가고만 집은 더는 동생네 집이 아니었다. 은행에서 압류 통보가 나왔다. 집 때문에 속이 썩어 스트레스가 쌓이더니 결국 올케의 폐암 진단이 내려진 것이다. 올케는 이 집에서 죽고 싶다고 했다. 은행도 죽어 가는 사람을 길바닥으로 내보낼 수는 없어서 그랬는지, 금융위기라 집이 안 팔려서 그랬는지, 올케가 죽는 날까지만 집에 그냥 거주하기로 합의를 보았다.

그러나 말이 좋아 합의지, 결국 보증금에서 월부금

을 깎아내는 조건이었다.

올케가 항암 치료를 받아 온 지도 어언 2년이 되어 갔다. 항암 치료라고 하는 게 집에서 머물면서 병원에 다녀오는 통원 치료였다. 나는 일주일이 멀다고 동생네로 올케 병문안을 하러 갔다. 죽어가는 사람을 지켜보고 있는 것처럼 안타까운 일도 없다. 뭐 특별히 해 줄 것도 없어서 발이나 어깨를 주물러 주는 것이 고작이었다. 남편에게 올케의 상황을 전해 주면 남편은 버럭 화를 냈다.

— 처남은 뭐하고 당신이 주물러 줘야 해?

— 일 갔지요. 집에 없어요. 틈만 나면 매일 나가 싸서 코빼기도 보기 힘들대요.

— 남편이란 작자가 그럴 수가 있어? 마누라가 죽어가는데, 곁에서 24시간 붙어 있어도 모자랄 판에 매일 일한답시고 나가면 환자는 누가 돌보고?

남편은 괜히 화가 나서 나에게 불평을 늘어놓았다.

— 일을 안 하면 당장 굶어 죽는다네요.

— 아니, 저금해 놓은 돈이 한 푼도 없대? 아들들은 다 뭘 하고? 그러면 낮에는 집에 누가 있는데?

— 아무도 없지. 빈집에 환자 혼자 있는 거예요. 스마트폰만 붙

들고 혼자 있어요.

— 그러다가 무슨 일이라도 생기면 어떻게 하려고 그래?

— 전화번호만 누르면 남편이 달려온다고 했대요.

그렇게 말해 주면서도 '빈집에 죽어가는 환자를 혼자 놔두면 안 되는데…' 하는 생각이 들었다.

암 투병이 거의 막바지에 달했을 즈음, 병원에서 더는 치료할 것이 없으니 집에서 운명을 기다리라는 통보를 받았다. 마지막 3개월을 남겨놓고서였다. 그래도 올케는 살고 싶어 했다.

사람은 죽을 때 죽어야지, 죽지 못하고 고통스러워하고 있다면 이것처럼 보기에 안타까운 일도 없다. 나는 올케가 죽기 전날까지 곁에 있어 주었다. 올케는 몰골이 죽은 송장이 앉아 있는 것 같았다. 그도 그럴 것이, 한 달간 먹지 못하고 음료수만 마셨다면 짐작이 가고도 남을 일이다. 뼈대에 얇은 가죽을 입혀놓은 미라같아 보이는 게 사람인지, 귀신인지 구분이 안 되었다. 그때까지만 해도 정신만은 말똥말똥했다. 그러던 것이 죽기 바로 전날에는 검은 옷 입은 사람이 곁에 와 있다고 했다. 옆에서 지켜보던 동생이 내 눈에는 안 보이는데 어디 있느냐고 물어보면 바로 옆에 있다고 했다. 그러면서 동생에게 손을 꼭 잡아달란다.

나는 옆에서 보고 있다가 올케가 하도 딱해 보여서 한마디 해 주었다.

— *가라고 해. 그리고 흰옷 입은 사람 뒤에 숨어.*

퍼뜩 천사는 흰옷을 입은 생각이 나서 둘러댄 말이었다.

— *귀신 뒤에 숨으라고?*

— *아니. 흰옷 입은 사람이 천사니까, 천사 뒤에 숨으라고.*

그러고도 몇 차례 검은 옷 입은 저승사자가 나타난다고 했다. 나는 올케가 아름답게 죽을 수 있도록 도와달라고 기도했다.

올케의 유품을 정리하다가 책상 위에 놓여있는 돋보기안경을 끼어 보았다. 도수가 깊지 않으면서도 사물이 선명하게 보였다. 자세히 봤더니 샤넬이라는 상표가 적혀 있다. 샤넬에서 돋보기도 만든다는 건 처음 알았다. 명품 로베르타 피에리 핸드백과 샤넬 돋보기안경은 내가 쓰기로 했다. 나중에서야 알게 된 사실이지만, 돋보기 알을 크리스털 글라스로 만들어서 안경을 끼면 활자가 명확하게 보였다. 광명을 찾은 기분이었다. 올케는 세상을 환히 보면서 살았구나 하는 생각이 들었다.

*

　남편과 함께 주일날 성당에 갔다. 늘 나오는 교인들
은 그 사람이 그 사람이어서 앉는 자리도 고정되어 있
다. 나도 자동으로 내 자리를 찾아가 앉았다. 의자를
새로 리폼한다더니 정말 새 의자처럼 보였다. 고급스러
운 레자 원단으로 리폼해서 등과 바닥이 차갑지 않고
푹신하다. 색상도 짙은 자두색이어서 깨끗하고 산뜻해
보였다.

　올케가 쓰던 명품 핸드백에서 샤넬 돋보기안경을 꺼
내 썼다. 옆에 앉아 있는 남편의 얼굴을 쳐다보았다. 수
염을 깎았는데도 듬성듬성 남아 있는 수염이 확연히
보이는 게 지저분하다는 생각이 들었다. 전에는 몰랐
던 사실이다.

　주보의 활자도 선명하게 보인다. 단상을 바라보았다.
십자가에 못 박힌 채 괴로운 표정으로 내려다보고 있
는 예수님이 젊은 청년으로 보이기는 오늘이 처음이다.
청년도 죽는데 올케야말로 그보다 두 곱을 더 살았다
면 억울할 것도 없다는 생각이 들었다. 그래도 올케가
천국에 가기를 진심으로 기도했다. 동생이 고기를 너

무 밝혀서 은근히 미워했던 죄를 사해달라고도 했다. 남편이 병에 안 걸리게 보살펴 달라고 기도하면서 이건 욕심이 아닌가 하는 생각도 들었다. 딸에게 좋은 신랑감이 나타나기를 간절히 기도했다.

집으로 오는 차 안에서 남편에게 무슨 기도를 그렇게 오래도록 올렸느냐고 물어보았다.

— 기도는 무슨 기도. 그냥 눈 감고 있었지.

뚱딴지같은 소리를 한다.

— 아니, 기도도 안 하면서 그렇게 오래 눈을 감고 있어요?

— 눈도 못 감아?

— 뭐, 지은 죄라도 사해 달라고 하지 그랬어요.

— 지은 죄가 있어야 사해 달라고 하지.

'이런 기가 막힐 노릇이 있나, 자기가 지은 죄도 모른다니.'

— 그동안 지은 죄가 없다니, 말이나 돼요? 당장 오늘 아침에 나더러 된장찌개 짜게 끓였다고 소리 지르지 않았어요?

— 질렀지. 그게 무슨 죄야.

남편이 뻔뻔스럽다는 생각이 들었다.

— 고마운 줄 모르는 게 죄지 뭐예요.

나도 모르게 소리를 꽥 질렀다.

― *마누라가 밥해 주는 게 뭐가 고마워. 당연한 거지.*

― *이렇다니까….*

기가 차서 더는 말하고 싶지 않다.

남편은 아침, 점심, 저녁 시간이 정해져 있다. 시간에 딱딱 맞춰 정해진 음식을 먹어야만 하는 생활방식이 시곗바늘처럼 돌아간다. 평생을 남편 뒷바라지만하다 보니 나도 모르게 물들어 갔다. 마치 작동시켜 놓은 장난감 로봇처럼 정해진 대로 움직이고 있었다.

동생은 늦게 일어나 라면을 끓여 먹고 설거짓거리를 싱크대에 모아 두었다. 세탁물도 잔뜩 쌓아 놓았다. 동생은 집수리하러 다니는 바람에 매일 작업복을 갈아입었다. 빨랫감도 그만큼 많다. 흙이며 먼지가 묻은 옷들이어서 세탁기가 금세 고장 날 것 같다는 생각이 들었다.

동생은 파산 신청 후로는 정식으로 일하지는 못하고 알음알음 전 고객들을 상대로 현찰을 받고 싸게 해주는 식으로 일했다. 그렇다 보니 일감이 별로 없어서 집에 머무는 날이 많았다. 집에서는 할 일이 없으니 항상 같은 자리에 앉아 TV나 보다가 술이나 마시는 게 고작이다.

나는 동생을 돌봐주기에는 너무 늙었고 차츰차츰 지쳐갔다. 큰 조카는 동부에서 사니 전화 걸어 봤자 소용없고 작은 조카며느리에게 전화를 걸려고 해도 한국말도 못 알아듣는 미국 여자여서 대놓고 하소연할 수도 없다. 거기에다가 모두 직장생활을 하고 있어서 낮에는 연락도 안 된다.

마침 오늘이 일요일이어서 작정하고 작은 조카에게 직접 전화했다.

— 그래, 고모다. 요즈음 왜들 꿈적도 안 하니? 아버지가 어떻게 지내는지 궁금하지도 않니?

다짜고짜 속내를 드러내고 말았다. 그러지 않아도 조만간 찾아뵈려고 했단다.

— 찾아보는 것도 보는 거지만, 전화라도 하면 안 되니?

자식들이 못돼먹은 것 같아서 이 틈에 야단을 쳐 줘야겠다고 생각했다. 직장 다니랴, 아이들 학교에 보내랴 바빠서 그랬다면서 그래도 시간을 내 보겠단다.

— 아버지가 네 친구도 아니고, 시간을 내야만 만날 수 있다니 이게 어느 나라 법이냐?

야단을 쳤다. 조카와 통화를 하고 일주일이 지났어도 여전히 와 보지도 않는다.

아침에 일어나 부엌에 나가보면 동생이 지난밤에 난
장판을 만들어놓곤 했다. 프라이팬에는 스팸을 지져
먹고 남은 기름이 그대로 묻어 있다. 빈 소주병도 여기
저기 놓여 있고 라면 끓여 먹은 냄비도 국물이 남아 있
는 채로 그냥 버려놓았다. 어질러놓은 것을 보면 "아이
고, 내 팔자야." 소리가 절로 나왔다.

처음에는 동생도 마음이 괴로워서 그렇겠지 하고 너
그럽게 이해해 주었다. 그러나 석 달이 지난 지금도 계
속되는 것으로 봐서 이건 버릇이 그렇다는 이야기다.
보다 못해 한마디 해 줬다.

— 얘. 너 그 버릇 고쳐야지, 안 되겠더라. 네가 먹은 그릇은 치
　워놓으면 안 되니?

— 내가 뭘 먹었다고 그래요. 라면 하나 먹은 걸 가지고.

— 아니, 먹은 걸 가지고 말하는 게 아니라, 먹었으면 치워놔야
　하지 않느냐는 말이다.

— 그까짓 냄비 하나 가지고 뭘 그래요. 내가 당장 치우지요.

느물대는 꼴이 보기 싫다.

— 내가 치웠으니 다음부터는 그러지 말란 말이야.

─ 알았어요.

대답은 천연덕스럽게 해 놓고도 실제로는 아무것도 달라진 건 없었다. 동생이 먹는 거로 봐서 살이 찌고 배가 나오는 것은 당연했다. 동생은 혈압에 당뇨도 있고, 체중도 만만치 않아 다이어트를 해야 하는데 정작 본인은 개의치 않는 것 같았다.

동생은 일을 나가는 날보다 노는 날이 더 많았다. 노는 날은 늦게 일어나 아침으로 라면이나 끓여 먹었다. 조금 있다가 남편이 점심 먹을 때 동생도 같이 먹었다. 집에서 빈둥대면서 먹을 것만 찾아대 싸서 꼴 보기 싫을 때가 한두 번이 아니었다. TV를 진력나게 보다가 출출하다면서 냉장고 문을 붙들고 열었다 닫기를 반복했다.

할 수 없어서 아침에 옥수수라도 삶아 놓으면 식물성은 쳐다보지도 않고 돼지고기나 라면만 찾는다. 아예 얼큰한 라면이며 컵라면은 박스로 사다 놓고 먹었다.

친동생이기는 해도 이렇게 고기를 밝히는 줄은 몰랐다. 옛날에 아버지가 고기를 좋아하시더니 동생은 그보다 더한 것 같았다. 이제는 조심해야 하는 나이라고 생각했다.

— 혈압이며 당뇨도 있다면서 그렇게 막 먹어도 되니?

나는 진심으로 걱정이 돼서 말했다.

— 얼마나 살겠다고 먹고 싶은 것도 안 먹고 그래요.

— 그게 아니라 사는 동안에는 병치레 없이 살아야 할 게 아니냐.

— 그렇다고 내가 누워있는 것도 아니잖아요?

— 누워있어야만 병이냐? 끼고 사는 것도 병이지.

— 걱정하지 말아요. 이제 살 만큼 살았으니, 뭐 오라면 가야지요.

동생과 몇 마디 나누고 나면 곧바로 혈압이 올라갔다. 그러면서 말투로 미루어 얹혀사는 식구라고 괄시하지 말라는 소리처럼 들렸다.

'내가 언제 절 괄시했다고 그래. 제 건강 생각해서 한 말인데.'

— 어련히 네 건강 네가 알아서 챙기겠느냐마는 걱정이 돼서 한 소리다.

성질을 누그러뜨리고 유하게 말해 주었다.

*

남편이 LA에 있는 딸을 보고 오겠다고 했다. 가서

하룻밤 자고 오겠단다. 남편이 없는 집은 텅 빈 집 같은 기분이 들었다. 지금껏 꼬박꼬박 남편 밥 차려 주느라고 옴짝달싹 못 했는데, 남편이 집을 비웠는데도 자유롭지 못하다는 걸 생각하니 한심하다는 생각이 들었다. 혼자라면 라면이나 끓여 먹고 말겠으나 동생이 있으니 그럴 수도 없다.

내 속마음을 읽었는지 동생이 밥해 먹기 귀찮으니 외식이나 하자고 해서 따라나섰다. 모처럼 둘이서 샌프란시스코 다운타운에 있는 아메리카 은행 52층 스카이라운지 레스토랑에서 스테이크로 저녁을 먹었다. 와인도 반 잔 마셨다. 창밖으로는 안개가 물 흐르듯 흘러가고 있었다. 동생을 우습게 보았는데 안 그런 면도 있다는 게 신기해 보였다. 남편에게서는 전혀 맛볼 수 없는 저녁이었다. 그날 동생은 돈 좀 썼을 것이다. 돈 많이 쓰게 해서 미안하다고 인사치레로 한마디 해 주었다.

— **돈 가지고 뭐해, 쓰라는 거 아니야?**

동생의 대답을 듣고 보니 그렇기도 하다는 생각이 들었다. 일상생활에서 일탈해 보니 묘한 기분이 싫지 않았다.

동생이 전에는 어떻게 살았는지 모르겠으나 우리 집

으로 들어오고 나서는 매일 라면과 술로 세월을 보내다가도 일거리가 있는 날은 그런대로 술을 자제했다.

오늘따라 싱글벙글 웃으며 들어서는 동생이 모처럼 큰 일감이 생겼다면서 좋아했다. 부엌을 몽땅 들어내고 조금 넓힌 다음에 창문도 크게 내고 새 부엌으로 개조하는 작업이다. 수리해야 할 집이 스톡턴에 있어서 출퇴근하기는 좀 멀었다. 이혼녀가 혼자 사는 집이라 빈방이 여러 개 있다면서 그중에 방을 하나 세 얻어 기거하면서 공사에 착수할 것이란다. 공사 기간이 자그마치 한 달도 넘게 걸릴 거라고 했다.

가방을 싸 들고 나가는 동생을 배웅하고 났더니 집 안이 텅 빈 것 같다. 사람이 드는 건 몰라도 비는 건 금세 눈에 띄었다. 앓던 이가 빠진 것처럼 시원섭섭하다. 다시 들어오지 말았으면 하는 방정맞은 생각도 해 보았다.

딸 방으로 가서 동생이 쓰던 물건을 빈 가방에 담았다. 동생의 흔적을 모조리 걷어냈다. 창문을 열어 공기를 환기하면서 진공청소기로 먼지며 자잘한 쓰레기를 빨아들였다.

딸에게 전화를 걸었다.

— 얘, 별일 없지? 아버지 만나서 뭐 먹었니?

— 먹긴 뭘 먹어. 잔소리만 들었지.

— 외삼촌이 나갔어. 너 집에 와도 된다는 걸 알려주는 거야.

— 나 집에 못 가. 논문 써야 하거든. 지겨워 죽겠어. 내가 뭐
공부하라고 태어난 인생이 아니잖아?

— 그래. 고생이 많다. 하던 박사학위만 끝나면 그만둬라.

말을 해 주면서도 무언가 잘못된 것 같다는 생각이
들었다. 딸의 말을 들어보면 딸이 맞고, 남편의 말을
들어보면 남편이 맞는 것 같다. 거기에다가 동생의 말
을 들어보면 동생의 말이 옳다.

전화를 끊고 심란해서 무엇을 해야 할지 일이 손에
잡히질 않았다. 청소 도구를 들고 화장실로 갔다. 변기
에 에이젝스를 뿌리고 묵은 때를 박박 문질러 벗겨냈
다. 속이 좀 후련해지는 것 같았다.

*

한 달이 넘도록 동생은 오지 않았다. 전화도 없다.
삐졌나 하는 생각이 들었다. 일이 바쁘겠지. 바쁘게 살
아야 잡생각이 나지 않는 법이니 좋은 현상이라고 생

각했다. 하지만 일요일인데도 일을 한단 말인가? 일요일도 모자를 지경이라면 바쁘긴 바쁜 모양이다. 이번에 돈 좀 벌면 한국에 나가 새로 장가나 들라고 해야겠다. 남자가 마누라 없이 산다는 게 어디 쉬운 일이냐. 산 사람은 살고 봐야지.

공사가 끝날 때가 되어 가는데 소식이 없다니 무슨 변고라도 생겼나 하는 불길한 생각도 들었다. 성당에 가기 전에 동생의 동태를 알아야 기도라도 해 줄 게 아니냐. 썩 내키지는 않았지만 먼저 전화를 걸었다. 전화벨이 여러 번 울리고 나서야 겨우 통화가 이루어졌다.

— 얘, 궁금해서 걸었다. 어쩜 전화도 한 통 없니? 별일 없지?

— 네. 별일 없어요.

— 공사는 끝나 가니?

— 아직 멀었어요.

— 언제쯤 집에 올래?

— 어쩌면 안 갈지도 몰라요.

— 안 오다니, 그럼 공사 끝나고도 거기에 눌러앉겠다는 거냐?

나는 별생각 없이 농담조로 물어보았다. 그러면서도 "지가 안 오면 어디로 가겠다는 거야. 말도 안 되는 소리 하지 마." 하고 소리를 지를까 하다가 꾹 눌러 참았다. '그동안 해 주노라고 해 줬는데도 못마땅한 게 있었던 모양이지?' 그 집에 방이 많다고 들은 기억이 머리를 스쳐 지나갔다.

— 얘, 아예 그 집에서 방을 하나 빌려 살려무나.

하지 말았어야 할 말을 뱉어 버리고 말았다. 말을 하고 나서도 왜 이런 말을 했나 하고 곧 후회했다.

— 그러지 않아도 이 집에서 살기로 했어요.

나는 찔끔했다. 해서는 안 될 말을 하는 바람에 동생이 화가 났나 하는 생각이 들었다.

— 그게 무슨 소리냐? 그 집에서 살겠다니? 방이라도 하나 내준다던?

— 방은 무슨, 같이 살기로 했어요.

나는 망치로 뒤통수를 한 대 얻어맞은 것처럼 머리가 떵하면서 기분이 떨떠름했다.

— 같이 살다니, 그 집 여자랑 같이?

— 그래요, 이 집 여자랑 같이. 공사가 끝나는 대로 카리브해로 크루즈 여행을 떠날 거예요.

'아, 내가 왜 이런 일을 미처 짐작하지 못했을까? 그것도 모르고 주절댄 나는 뭐란 말인가? 체면이 말이 아니잖아.'

— 아니, 그러니까 그 집에서 살림을 차리겠다는 말이냐?

— 그렇게 됐어요. 지금 바빠서 가 봐야 하니까 자세한 이야기는 다음에 해요. 아, 참. 메일 보냈는데 못 받았어요? 곧 받을 거예요.

동생의 목소리에는 힘이 들어가 있었다. 통화가 끊긴 스마트폰을 한동안 멍하니 들여다보았다. 수리를 끝낸 새집에서 새 여자와 신혼살림을 차릴 동생의 모습을 그려보았다. 동생이 다시 돌아오지 않으리라는 걸 인정하지 않을 수 없었다.

자아의식이 확고해서 남의 눈치 볼 것 없이 자유롭게 결정을 내려대는 동생이 부럽다. 얼마나 더 살겠다고 먹고 싶은 것도 먹지 않으면서 바둥바둥대느냐는 동생의 말이 머릿속에서 맴돌았다.

남편이 성당에 가겠다고 차려입고 내려왔다. 신사복이 아직도 멀쩡하기는 해 보이지만 모양은 나지 않았다. 신사복도 유행이 있나 하는 생각이 들었다. 어깨에 묻은 먼지를 털어 주었다. 양어깨 봉이 팽팽하게 서 있어야 하는데 시든 배춧잎처럼 둥그스름하게 늘어져 있는 꼴이 맥이 없어 보였다. 남편이 먼저 걸어 나갔다. 샤넬 돋보기안경이 들어 있는 명품 핸드백을 들고 뒤

따라 나갔다. 앞서가는 남편을 바라보며 걸었다. 의욕을 잃은 황소가 느릿느릿 걸어가는 것 같다.

동생의 앞날을 축복해 달라고 기도했다. 딸에게도 남자 친구가 나타나게 해 달라고 기도했다. 딸을 위해 십 년이 넘게 기도했는데도 왜 들어주시지 않느냐고 항의도 했다.

오후도 한참 늦어서야 집에 돌아왔다.

옆집 여자가 어제 우편물이 잘못 배달되었다며 우편 묶음을 전해준다. "고맙다."라고 인사하고 우편물을 살펴보았더니 동생에게서 온 봉투가 눈에 띤다. 생뚱맞다는 생각이 들었다. 잠깐 집에 들르던가, 전화 한 통이면 될 것을 편지로 보내다니, 늘 하는 짓이 한심해 보였다.

샤넬 돋보기안경을 끼고 편지 봉투를 열어보았다. 스톡턴에 있는 '코끼리 농장' 레스토랑에서 상견례 겸 결혼식을 하겠다고 쓰여 있는 청첩장이다. 청첩장을 보는 순간 가슴이 쿵쾅거리면서 손이 떨렸다. 이상하게도 현기증이 나고 어지러워서 서 있을 수가 없다. 소파에 벌렁 누웠다.

바라던 소식을 접하면서 왜 나 자신이 불쌍한 것도 같고 우울한 것도 같은 생각이 드는지 알 수 없었다.

초콜릿 꿈

캘리포니아 연안의 여름은 지루하다.

뜨겁게 달아오른 열기가 있는 것도 아니고 미적지근한 날씨에 비도 한 방울 오지 않았다. 마치 이민 10년차처럼 막연하고 따분하다.

이발사 강 씨는 일요일만 기다린다. 일주일 중에 일요일만 쉬는 날이다. 주일 오전에는 교회에 나가 교인들을 만나는 즐거움도 있다. 신앙이 돈독해서라기보다는 난생처음 집사라는 직함도 가졌고, 교인의 머릿수가 늘어나면 늘어날수록 자신의 비즈니스에 도움이 되기 때문이기도 하다.

교회에서 주일예배 광고 시간에 목사님은 새로 나온 신도를 소개했다. 성가대에 앉아 있는 젊은 여자를 일어서라고 하더니 우리 이웃 카이저 종합병원으로 새로 부임해 오신 소아과 전문의 이숙희 의사 선생님이라고 소개했다. 생머리에 곱상하게 생긴 여자가 고개를 숙여 인사했다. 그러지 않아도 늘 대원이 모자라는 성가대에 오자마자 합세해서 자리를 채워 주니 얼마나 고마운 일인가. 보나 마나 신앙심이 누구보다 돈독해 보였다.

젊은이들로 구성된 성가대 뒷자리에 앉아 있는 아들과 어울렸으면 좋겠다는 생각도 들었다.

아들이 대학을 졸업하고 변변한 일자리를 구하지 못해서 코스트코에서 파트타임으로 근무한 지도 10년이 넘었다. 정규 직장을 구하고는 있지만, 언제 나타날지 몰라 이제는 거의 포기하다시피 했다. 든든한 직장을 구해야 결혼도 할 터인데 지금 일하고 있는 코스트코는 근무시간도 들쑥날쑥 필요할 때만 불러대고, 언제 해고당할지도 몰라서 불안한 처지다. 아들이 똑똑했다면 졸업하자마자 좋은 직장도 구하고 애인도 서너 명은 갈아치웠을 나이인데 착하기만 했지, 야무지지 못한 게 강 씨를 닮았다. 늘 뒷전에서 구경만 할 뿐 뭐 하나 나서서 하는 게 없다.

친교 시간에 교인들과 웃으며 인사했다. 새로 나온 교인이 남자였다면 반갑게 맞이하겠건만, 젊은 여자에다가 그것도 의사라는 신분이 강 씨로 하여금 선뜻 다가서지 못하게 막고 있었다. 그래도 교회 집사인데 처음 나온 신도를 모르는 척하고 넘어가서는 안 될 일이다. 인사나 나누면서 적어도 몇 마디는 주고받아야 할 것 같았다.

— 언제 부임하셨어요?

— 일주일이 채 안 됐어요.

닥터 리는 상냥하게 웃으면서 대답했다.

— 그러면 미처 숙식할 곳도 마련하지 못하셨겠네요.

— 맞아요. 지금 호텔에 묵고 있어요.

'호텔에 묵고 있다고? 이 여자 정신이 있나, 없나. 그 경비를 어찌 다 감당하려고? 의사가 돈은 잘 번다더니 정말 그런가?'

— 그러면 서둘러 아파트라도 구하셔야겠군요?

— 글쎄, 이 지역이 생소하기는 한데…. 하지만 콘도미니엄이라도 하나 사서 수리할까 해요.

'야, 이것 봐라. 돈만 잘 버는 게 아니라 재력도 있군 그래.'

— 호텔에만 계속해서 묵을 수는 없잖아요?

— 임시 거처를 구해야 하는데….

'임시 거처를 찾는다. 그렇다면 방 하나면 될 터인데

번듯하고 괜찮은 집으로 누구네 집이 좋을까. 목사님 집은 초라하고, 김 장로님 댁은 자식들이 여럿이니 빈방이 있을 리 없고, 최 집사는 아파트에서 사니 안 될 것이고, 그렇다고 여기서 나 몰라라 하고 돌아서기도 뭐하고. 인사치레로 한마디 해 주고 물러서야겠군.'

— 괜찮으시다면 우리 집이 좀 누추하기는 해도 빈방이 하나 있기는 하지만….

미처 말을 끝내기도 전에 닥터 리가 반색하며 말했다.

— 정말 그렇게 해 주시겠어요?

'어? 이거, 인사치레로 한 말인데 정말로 받아들이네. 큰일 났군. 뭐라고 하고 물러서지?'

— 그러니까, 그게, 집사람한테 물어봐야 할 것 같아서….

— 아, 그래요. 제가 사모님에게 직접 물어보지요.

'이건 또 무슨 홍두깨 같은 소린가. 아내한테 무슨 소리를 해서 분란을 일으키려고 저러지? 겁나게 굴지 말고 기다려.'

— 집사람이 주방에서 점심 봉사하느라고 바쁘니 나중에 제가 물어보지요.

강 씨는 점잖게 한마디 하고 뒤로 물러섰다.

부엌일을 끝마친 아내가 남편 강 씨를 찾았다. 강 씨는 이참에 닥터 리 이야기를 해야겠다고 생각했다. 아내는 강 씨를 부엌 창고로 끌고 가서 문을 닫았다. 마른 식재료가 쌓여 있어서 발 디딜 틈 없이 좁아터진 구석에 몰아넣고 눈을 부라렸다.

— 당신, 새로 나온 여자한테 뭐라고 했어요?

목소리에 힘이 들어가 있는 게, 해 보겠다는 투다.

— 뭐라고 하긴, 그냥 인사나 했지.

— 우리 집에 와서 있으라고 했다며?

'이크, 벌써 알고 있네, 어느새 그 여자가 말을 했군 그래.'

— 내가 그러라고 하지는 않았는데…. 당신한테 물어봐야 한다고 했어.

— 당신이 와서 있으라고 했는데, 내게 허락을 받아야 하겠기에 물어보는 거라고 하더라고. 식구 하나 더 느는 게 쉬운 일인 줄 알아요?

아내는 도끼눈을 뜨고 아래위로 훑어보더니 단박에 불호령을 내렸다.

— 난 그렇게 할 수 없으니 가서 못하겠다고 해요.

소리를 꽥 지른다. 강 씨는 참으로 난감하다는 생각

이 들었다. 아무 소리 못 하고 부엌을 나왔으나 어떻게 해야 할지 감이 잡히질 않았다.

마침 아들이 커피를 마시고 있기에 그리로 다가가서 옆에 앉았다. 아들의 옆구리를 쿡 찌르면서 낮은 목소리로 슬쩍 물어봤다.

— 너 오늘 새로 나온 닥터 리 어떻게 생각하니?

— 네? 그게 무슨 말이에요?

— 사귀어볼 생각이 있느냐는 말이다.

— 에이, 아버지도….

'대답은 안 하고 얼굴만 붉히는 것으로 봐서 싫지는 않은 모양이군. 그렇다면 이 녀석한테 떠넘기는 수밖에 없지.'

— 너, 엄마한테 가서 닥터 리가 우리 집에 머물게 해달라고 그래.

아들은 미처 이해되지 않는지 어리벙벙한 표정이다. 강 씨는 간단하게 설명하고 우선 엄마한테 허락부터 받으라고 다그치며 떠밀었다.

여자는 가방이 하나 있다면서 집에 갈 때 같이 가겠단다. 마침 아들이 차가 있으니 그 차로 모시라고 연결해 주고, 강 씨와 아내는 집으로 내달렸다. 차 안에서 아내는 벼르고 있었다는 듯 속내를 드러냈다.

"두 남자가 그 여자를 불러들이지 못해 안달 법석을 떨기에 할 수 없이 와서 있으라고는 했지만, 사람 하나 느는 게 어디 보통 일이야? 집 안 청소며 설거지까지 알아서들 해." 아내의 불평은 끝날 줄 몰랐다.

아내는 말은 그렇게 하면서도 지저분한 집을 대강이라도 정리해 놔야 흉이 덜 잡힐 것 같아서 청소부터 하라고 다그쳤다. 강 씨는 아내의 잔소리를 다 들어주고 있자니 밸이 꼴려 한마디 해 주려다가 꾹 눌러 참았다.

아내는 부엌에 쌓여 있는 설거지를 해치우느라 바빴고 강 씨는 창문을 다 열어 공기를 바꾸고 거실을 대강 정리하면서 빈방에 쌓여 있던 짐들도 마스터 침실로 옮겼다. 빨리빨리 서둘러도 어질러 놓은 게 너무 많아서 치워도 끝이 없었다. 진공청소기를 틀어 카펫의 잔 쓰레기를 빨아들였다. 대강 정리가 된 집 안은 그런대로 흉잡힐 정도로 보기 싫지는 않았다.

청소가 끝났는데도 아들과 그녀는 오지 않았다. 강 씨는 커피를 타 마시면서 얼떨결에 일이 이렇게 됐을 뿐, 이것이 의도했던 것도 아니고 꾸며 내려 한다고 되는 일도 아니라고 말했다. 자신도 모르게 여기까지 끌려 왔는데 기왕이면 교회 사람들에게 점수도 딸 겸 잘해 보자고 아내를 토닥여 주었다. 앞으로 아내의 일이 하나 더 늘어났으니 눈치를 보지 않을 수 없다. 강 씨는 억지로 웃으면서 아내에게 이게 다 하느님의 뜻 같다고 말해 주었다.

시간이 한참 흐른 뒤에야 아들과 닥터 리가 들어왔다. 강 씨는 그녀를 반겨 빈방으로 안내했다. 그리고 마음 편히 묵으라고 하면서 허리를 굽혀가며 조금은 황송한 것처럼 대해 주었다. 평생 이발사로 살다 보니 낯선 사람은 모두 손님으로 보이고 손님에게는 자신도 모르게 허리가 굽혀진다. 이발소가 아닌 집에서도 그렇고 교회에 가서도 처음 보는 사람에게는 허리가 먼저 굽어지고 그다음에 손이 나가서 악수를 하곤 한다. 이것도 직업병이라면 직업병에 속할 것이다.

사실 강 씨네 집에 드나드는 사람 치고 닥터라고 불리는 사람은 이숙희 의사가 처음이다. 척 보기에도 닥터가 돼서 그런지 기품이 있고 믿음이 갔다. 닥터 리, 한 사람이 집에 들어왔는데 마치 집 분위기가 격상된 기분이다. 동네 사람들이 우리 집에 닥터가 있다는 걸 알아줬으면 좋겠다는 야릇한 마음도 생긴다. 괜히 어깨가 으쓱해지다니, 알다가도 모를 일이라고 생각했다.

아들은 스타벅스 커피점에 들렀다가 오느라고 늦었단다. 누가 먼저라고 할 것도 없이 젊은 남녀가 만나자마자 커피를 마시면서 인사하는 것은 당연한 것 아니냐는 생각이 들었다. 그러면서도 주변머리 없는 아들 녀석이 닥터 리를 데리고 커피숍으로 갔을 리는 만무하고 분명히 따라갔을 것이다. 누가 먼저 제의했든 그게 무슨 대수냐. 둘이 좋아서 어울린다면 됐지 더 바랄 게 무엇이냐.

사실 아들은 나이만 먹었지 순진하기 이를 데 없다. 더군다나 여자 앞에서는 얼굴부터 빨개지면서 실실 웃어대는 게 실없는 사람처럼 보일 때도 있다. 두어 마디만 튕겨 봐도 속내를 다 알 수 있을 정도로 숙맥이다. 강 씨는 그런 아들이 무슨 실없는 소리나 하지 않았을까 하는 걱정이 앞섰다.

강 씨는 '갑자기 내가 왜 이런 생각을 하지?' 하면서도 은근히 바라는 마음이 드는 것도 어쩔 수 없었다. 그러지 않아도 요즈음 아내와 마주 앉으면 아들 혼사 문제를 이야기하곤 했었다. 어디서 참한 한국 여자를 구해야 할 텐데 아들 녀석이 엉뚱하게 외국 여자라도 데리고 와서 결혼하겠다고 하면 말리지도 못하고 일은 어긋나고 만다. 대사를 망치기 전에 먼저 선수를 쳐서 한국 여자를 소개해 줘야 하는 게 아니냐고 늘 이야기하던 참이었다.

아들은 매일 아침 닥터 리를 병원에 내려 주고 직장으로 향했다. 직장에서 파트타임으로 근무하는 아들은 어떤 때는 늦게까지 일했다가 어떤 때는 밑도 끝도 없이 일찍 집으로 돌아왔다. 그러나 출근 시간만큼은 일정해서 닥터 리와 함께 보기 좋게 집을 나섰다.

아들이 늦을 때는 아내가 대신 닥터 리를 픽업하러 갔다. 흰 가운을 입은 닥터 리가 차에 타면서 "어머니, 와 주셔서 고마워요." 하고 깍듯이 인사한단다. 젊은 여자가 교양도 있고 인사성도 밝다면서 뉘 집 딸인지 교육 하나는 제대로 받았다고 아내의 칭찬이 자자했다.

아들과 닥터 리는 자주 데이트하러 나갔다. 저녁도 같이 먹고 영화도 보았단다. 강 씨는 두 사람이 같이 다니는 것만 봐도 보기 좋았다. 아내더러 반찬도 여러 가지로 잘 차려 주고 닥터 리가 우리 집에 호감을 느끼게 해 보라고 당부해 놨다.

밤이면 뻔질나게 같이 나다니더니 주말에는 몬터레이에 가서 자고 오겠단다. 요새 젊은것들은 눈만 맞으면 금세 할 짓, 못 할 짓 다 한다고 강 씨는 아내와 함께 흉을 봤다.

당장 차 때문에 불편해서 샀다면서 일요일 오후에 새 차를 끌고 들어 왔다. 새 차도 새 차 나름이지, 이건 최고급 BMW다. 아들과 닥터 리는 밤늦도록 새 차 안에서 이야기를 하고 있었다. 보자 하니 둘이 같이 있기만 해도 행복한 모양이다. 강 씨는 부러우면서도 만족한 눈으로 바라보다가 아내에게 말했다.

― 닥터가 돼서 돈을 잘 버니까 고급 차도 우습게 알고 사잖아?

― 그러게 말이에요. 우리는 평생 새 차 한 번 못 타봤는데, 부럽네요.

― 부러워할 것 없어. 조금 있으면 우리 식구가 될 텐데 뭐….

― 김칫국부터 마시지 말아요. 괜히 나중에 실망하지 말고.

강 씨와 아내는 마주 보며 웃었다.

닥터 리는 살 집을 구하려 드는 기색이 보이지 않았다. 아내에게는 어머니, 어머니 하면서 살갑게 굴었다. 강 씨로서는 어불성설 바라지도 않았는데 아버님, 아버님 하면서 붙임성 있게 다가왔다. 이렇게 상냥한 여자가 어디 있단 말인가. 더군다나 자기는 의사이면서 말이다.

며칠 전부터는 저녁에 TV를 보고 있으면 강 씨 뒤에 와서 어깨를 주물러 주면서 "이발하시느라고 어깨에 무리가 가셨지요?" 하고 묻는다. 당연히 팔다리 어깨 근육이 뭉쳐서 늘 찜질을 하거나 어떤 때는 침도 맞아야 했지만, 아내는 한 번도 주물러 줘 본 일이 없다. 그러나 닥터 리는 의사여서 그런지 어디가 아픈지 다 알고 있는 것 같았다. 주물러 주면 근육이 풀어진다는 것까지 다 알고 치료하듯 마사지를 해 주니 이렇게 고마울 수가 없다. 황송하기까지 했다. 이게 한 번으로 그치는 게 아니라 매일 저녁 주물러 준다. 강 씨는 염치없게도 저녁이 기다려졌고 또 기대했다. 오히려 강 씨가 닥터 리에게 반해버릴 지경이었다.

어떻게 해서라도 아들하고 잘 돼서 며느리로 들어앉았으면 더할 나위 없이 좋으련만 닥터 리의 마음을 사로잡는 게 문제다.

아내도 강 씨와 마찬가지로 닥터 리가 마음에 든다고 했다. 닥터 리가 며느리가 된다면 이거야말로 집안의 경사는 물론이려니와 가문의 영광이다. 이럴 때일수록 아들 녀석이 여자 마음에 들게끔 해야 할 텐데 둘이서 진지하게 사귀는 건지, 아닌지 분명하지가 않았다.

강 씨는 아들만 집에 있을 때 닥터 리가 어떠냐고 슬쩍 물어보았다가 그만 깜짝 놀라고 말았다. 아무리 스피디한 세상이라고 하더라도 벌써 둘이서 결혼 약속을 하고 공표할 날짜를 잡는 중이란다. 그 증표로 새 차 BMW를 사 줬단다.

맙소사. 일이 이렇게 진행되도록 그것도 모르고 있었으니, 등잔 밑이 어둡기는 어둡구나 했다. 너무 좋아서 입이 딱 벌어지는 것이 잘못하다가는 아들 앞에서 채신머리없게 보일 것 같아서 밖으로 나왔다. 어둑어둑해지는 하늘을 쳐다보고 하나님께 감사하다는 기도가 절로 나와 정신 나간 사람처럼 중얼거렸다.

*

강 씨는 며칠째 마음이 들떠있는 것도 같고, 어수선한 것도 같아서 제정신이 아니다. 닥터 리가 아들을 좋아하는 것이 온 식구가 자기를 사랑해 주는 진심이 통했나 하는 생각도 해 보았다.

저녁을 먹는데 닥터 리의 휴대폰이 울렸다. 성가시다는 듯 스마트폰을 켜 든 그녀가 마지못해 통화했다. 모두가 다 들을 수 있으니 무슨 이야기가 오가는지 알 수 있었다. 어머니가 돈을 보내 줄 테니 집을 사라고 하는 모양이다. 얼마나 보내 주려고 그러느냐고 묻는다. 그러더니 그것 가지고 어떻게 집을 사느냐면서 그 돈으로는 다운 페이먼트도 반밖에 안 된다고 했다. 그러면서 더 달라고 하는 것이 아닌가. 일단 이 돈을 보낼 테니 나머지는 꿔서 사면 다음 주에 마저 보내 주겠단다.

닥터 리는 알았다고 하면서 "엄마, 사랑해." 하는 것이 아닌가. 참 훌륭한 부모님을 두었다는 생각이 들었다. 내친김에 부모님은 무얼 하시느냐고 물어보았다.

— 뉴저지에서 의사 개업을 하고 있어요.

기분이 좋은지 밝고 들뜬 목소리로 말한다.

'얼씨구, 집안이 대단하군그래.' 강 씨는 속으로 생각했다.

— 그러면 형제는 몇이나 되는데?

— 오빠가 있는데 오빠도 의사예요.

'야, 이거 봐라. 정말 대단하군. 의사가 되려면 공부도 많이 해야 하고 돈도 많이 들어간다던데 어찌 다 감

당했을까?'

— 부모님이 공부시키느라고 고생 많이 하셨겠네…

— 뭐, 그렇지도 않아요. 두 분 다 의사인걸요.

닥터 리는 당당하면서도 들어보란 듯이 말했다.

강 씨는 그만 깜짝 놀랐다. 강 씨만 놀란 게 아니라 옆에서 듣고 있던 아내도 놀랐다. 더는 물어봤다가 망신만 당할 것 같아서 그만두기로 했다. 그날 저녁 이후 강 씨 부부는 고민에 빠졌다. 양가 집안의 격이 너무 차이가 났기 때문이다.

강 씨는 혹시 닥터 리의 부모가 우리 집안을 얕잡아 보지나 않을까 해서 걱정이 쌓여 갔다. 어쩔 수 없는 일이니, 진심을 보여 주면 그만이라고 마음을 다잡았다. 그렇지만 주눅이 들어서는 안 된다는 강박증이 생기면서 무엇인가 과시할 만한 게 없나 하고 찾아보았다. 뚜렷하게 내세울 것은 없지만, 적어도 남이 사는 만큼은 살고 있고, 그동안 저축도 많이 해 두지 않았는가. 여기서 더는 아끼기만 하면서 사는 모습을 보여 줘서는 안 된다. 어느 정도 업그레이드된 생각을 해야만 닥터 리와 균형을 이룰 것이라고 생각했다.

다음날 닥터 리는 느닷없이 낡고 오래된 거실 소파는 새것으로 바꿔야 하지 않겠느냐고 묻는 게 아닌가. 강 씨는 거침없이 대답했다.

— 암, 그래야지. 그러지 않아도 바꾸려던 참이었어. 마침 잘 됐군. 닥터 리가 골라주면 현대 감각에 맞는 세련된 소파를 살 수 있을 거야.

그날 오후, 생뚱맞은 소파 쇼핑에 나섰다. 짠돌이로 살아온 인생이 하루아침에 돌변해서 돈 쓰면서 사는 생활인으로 바뀌자니 매사 엇박자만 일으켰다. 강 씨 마음에는 들지 않았지만, 닥터 리가 좋다면서 새빨간 벨벳 소파를 고르는 바람에 자신도 좋은 척하고 결정 해버렸다. 그것도 울며 겨자 먹기로 비싼 소파를 현찰 을 주고 사게 된 것이다.

사실 이발업이라고 하는 게 손님들에게서 적은 돈이 나마 현금으로 받기 때문에 세금을 속여먹기에는 더할 나위 없이 좋은 직업이다. 그 대신 현금을 은행에 넣지 못하고 집 안 어디엔가 숨겨 두고 써야 한다. 이번에도 숨겨 두었던 현금을 꺼내 들고 가구 쇼핑에 나섰다.

가구점에서 소파값을 현금으로 지급하려니 돈 세는 것도 일이다. 강 씨가 돈 세는 게 굼뜨고 답답했던지 닥터 리가 빼앗아 들더니 직접 척척 세서 간단하게 계산해 버렸다. 하는 일마다 어쩌면 그렇게 야무지고 똑부러지는지 마음에 쏙 들었다. 강 씨는 닥터 리가 우리 식구인 동시에 우리 편이라는 생각이 들면서 믿음직스럽고 대견하다는 생각이 들었다.

저녁에 새 소파에 앉아 함께 TV를 봤다. 한창 인기 있는 연속극에서 결혼식이 벌어지고 있었다. 야외에서 치러지는 결혼식이었는데 신부 친구가 주례를 보고, 신랑이 신부 웨딩드레스 밑으로 기어들어 가 속옷을 벗겨냈다. 뒤돌아서서 벗겨 낸 속옷을 던지는데 남자 친구들이 달려들어 속옷을 받느라고 아우성치고 있었다. 웃기자고 하는 장면이었지만 아들은 웃지도 않고 심각하게 보고 있더니 말을 꺼냈다.

— 우리 결혼할 거예요. 결혼식 날짜를 잡으려고 해요.

'어쭈, 이것 봐라? 아들놈이 제법인데. 하지만 이거 너무 서두르는 거 아니야? 과분하긴 해도 체면은 차려야지.'

— 음, 그래? 결혼은 인륜지대사인데 어디 생각해 보자.

— 생각해 보긴 뭘 생각해 봐요. 둘이 좋아서 결혼하겠다는데 망설일 게 뭐가 있어요.

옆에서 듣고 있던 아내가 불쑥 튀어나왔다.

— 맞아요, 우리들 나이도 있고 해서 빠를수록 좋아요.

닥터 리가 맞장구를 친다.

'이게 뭔 소리냐. 내가 바라는 게 바로 그건데. 이제 체면도 섰겠다, 대답만 하면 되겠네.' 강 씨는 힘든 결정을 내리는 것처럼 심각한 표정을 지었다.

— 언제 결혼식을 하겠다는 거냐?

— 의논해야지요.

묻기는 아들에게 물었는데 대답은 닥터 리가 한다.

— 그래, 잘됐다. 너희들이 결정해. 우리야 따라가면 되지 뭐….

희색이 만연한 아내가 옆에서 거든다.

일이 이렇게 술술 잘 풀려나갈 줄은 꿈에도 몰랐다. 아들 장가도 들고, 닥터 며느리도 생기고. 임도 보고 뽕도 딴다더니 이걸 두고 하는 말 같다. 이제 닥터 리는 우리 집 식구나 마찬가지다. 우리 모두 가족이니 똘똘 뭉치면 남부럽지 않은 가문이 될 것이다. 강 씨는 남아도는 엑스트라 집 열쇠를 그녀에게 건네주었다.

주일예배 후에는 신혼부부가 살 집을 보러 가기로 했다. 시내에 새로 짓는 콘도미니엄 모델하우스로 들어섰다. 평면도를 펼쳐놓고 아들과 닥터 리는 새로운 꿈을 그려나갔다. 집값이 좀 비싸기는 했으나 30년 월부에다가 20%만 다운하면 나머지는 은행에서 융자를 내준단다.

세일즈 레이디가 직업만 든든하면 은행 융자는 문제없다고 하면서 어디서 일하느냐고 물었다.

― 카이저에서 근무하는 의사예요.

― 아, 그러시다면 융자는 문제 될 게 없습니다. 다운 페이먼트 십만 달러만 있으면 되겠네요.

세일즈 레이디의 미소 띤 표정을 보면서 아들과 닥터 리는 행복하게 웃었다. 강 씨도 아내와 같이 웃었다. 닥터 리가 강 씨를 보면서 묻는다.

― 당장 내 통장에 5만 달러밖에 없어서 나머지 5만 달러가 더 있어야 하겠는데, 아버님이 이삼일만 빌려주시면 계약해도 되겠네요.

닥터 리는 계산도 빠르다. 아들이 살 집을 장만하겠다는데, 다운 페이먼트의 반인 5만 달러를 대달라고 해도 내줄 판인데, 그것도 아니고 이삼일만 빌려 달라는데야 어찌 마다할 부모가 있겠는가? 강 씨는 두말할 것도 없이 "그러마."라고 대답했다.

샐리의 법칙이라는 게 있다더니 이를 두고 하는 말이 아닌가 하는 생각이 들었다. 하는 일마다 척척 잘되는 게 모두 닥터 리가 집에 들어오면서부터다. 닥터 리는 복덩어리리서 우리 집안이 일어나는 것도 시간문제라는 생각이 들었다.

*

강 씨는 지난 일주일처럼 행복해 본 적이 없다. 콧노래가 절로 나오고 발걸음이 가볍다. 'OK 이발소'에 손님이 들어오면 두 번, 세 번 인사가 절로 나오고 웃음이 헤퍼져서 싱글벙글해댄다. 오죽하면 손님들이 "로또 맞았나, 왜 이리 기분이 좋아?" 할 정도로 들떠 있다. 아직은 남들에게 이야기할 단계가 아니라는 것을 잘 안다. 그러나 기분 좋은 이야기가 하고 싶어서 입이 근질근질할 지경이다. 참는 것도 한계가 있지 참다못해 친한 친구가 머리를 깎으러 왔기에 자랑삼아 슬쩍 이야기를 내비쳤다.

— *우리 민호가 닥터 리하고 잘 지내는 꼴이, 어떠면 의사 며느리를 보게 될지도 몰라…*

친구는 교회에 다니지 않으니 닥터 리가 누구인지 모른다.

— 갑자기 웬 의사야? 민호 여자친구가 의사란 말이야?

— 그렇게 됐어. 아들 녀석이 학교에 다닐 때 공부는 좀 못 했
어도 똑똑했잖아….

— 뭐? 민호가 똑똑하다고? 그 아비에 그 아들이라고, 민호가
자넬 닮아 마음만 착했지, 세상 물정도 모르잖아?

친구는 오랫동안 터놓고 지내다 보니 강 씨 집에 숟
가락이 몇 개인지도 다 알고 있는 처지다. 그러면서 말
이면 다 하는 줄로 아는지 거침없이 내뱉는다.

— 자네는 제수씨 잘 만난 덕에 그만큼 사는 줄 알아. 제수씨
가 아니면 미국에 오기나 했겠어? 집에 가거든 제수씨한테
큰절하고 고맙다고 해.

— 야, 내가 어때서? 나만큼 능력 있는 남자 있으면 나와 보
고 해. 내가 이만큼 잘났으니까 마누라도 날 보고 반한 거
야. 민호도 날 닮아 번듯하잖아. 그러니까 의사니, 뭐니 해
도 껌뻑 죽는 거야.

— 참, 나. 자네 언제 사람 될래? 나이를 어디로 먹었어? 옛날
영화에서 송충이는 솔잎을 먹고 살아야 한다는 소리도 못
들었어? 쓸데없는 소리 하지 말고, 머리나 깎아. 나 시간 없

어서 가 봐야 해.

친구는 더는 듣기 싫다는 표정으로 재촉했지만, 속으로는 매우 부러워할 거라고 강 씨는 짐작했다. 번번이 잘난 척하는 친구의 콧대를 납작하게 해 준 것 같아서 기분이 날아갈 것 같다.

*

다음날 아들과 흰 가운을 입은 닥터 리가 출근하는 것을 보고 강 씨도 이발소로 향했다. 오늘따라 달리는 차 라디오에서는 루이 암스트롱의 〈What a Wonderful World〉가 흘러나오고 있었다. 강 씨는 속으로 나만을 위해 불러 주는 것 같다고 생각하면서 따라 불렀다.

— 세상은 얼마나 아름다운가? … 세상은 정말 아름답구나.

기분이 좋아 콧노래가 절로 나오고 길을 걸어가는 사람들조차 아름다워 보였다. 오늘 같은 날은 구태여 손님이 안 와도 좋다. 손님이 있으면 있어서 좋고, 없으면 없어서 좋은 게 아니냐. 아무튼, 세상은 아름다워 보였다. 바닥 청소하고, 기계에 기름 치고 손질해서 하루의 일과를 준비했다.

전화벨이 울린다. 예약하려는 손님이겠지 하고 기분 좋은 목소리로 전화를 받았다.

— *OK 이발소입니다.*

손님이 아닌 친구에게서 걸려온 전화다. 다짜고짜 소리를 질러댄다.

— *야, 너 알아봤어? 느네 집에 와 있다는 의산가 뭔가 하는 여*
  자 말이야….

아침부터 이게 무슨 뚱딴지같은 소리야. 대꾸도 해주고 싶지 않았지만, 그래도 걸려온 전화를 무 자르듯 그냥 끊어버릴 수는 없었다.

— *뭐야, 또. 뭐가 알고 싶어서 그래?*

— *너, 잘 들어. 그… 그… 그 여자 사기꾼이래! 정신 똑바로 차려.*

친구의 떨리는 목소리가 귓전을 울렸다. 강 씨는 정신이 번쩍 들었다. 긴가민가하면서 그럴 리가 없지 하는 생각도 들었다. 저 친구 뭔가 잘못 들었을 거라고 생각했다.

— *누가 그래? 어디서 무슨 소리를 들었는데 그래?*

— *LA에서 사는 처남이 그러는데, 너하고 똑같은 소리를 하더*

라고. 어쩌면 토씨 하나 틀리지 않고 똑같은지, 금세 사기꾼
에게 걸렸구나 하는 생각이 들더라고. 그래서 알려주는 건
데, 절대 돈은 주지 말고 차근차근 알아봐.

친구는 흥분이 가라앉지 않은 듯 숨을 헐떡였다. 친
구 말을 듣는 순간 쓰러질 것처럼 어지러웠다. "돈 벌
써 줬어." 하는 말이 목구멍까지 나오는 걸 억지로 참
았다.

강 씨는 부랴부랴 아들에게 전화를 걸었다. 열 일
다 제쳐두고 카이저 병원에 전화해서 이숙희라는 의사
가 근무하는지 그 사실부터 알아보라고 했다. 강 씨는
영어를 못 하니까 영어 잘하는 아들이 빨리 전화를 걸
어 확인해 주기를 바라서였다.

창밖을 내다보았다. 하늘이 노랗게 보인다. 강 씨는
힘없이 의자에 주저앉았다. 도저히 손이 떨려서 이발할
수가 없다. 어지럽고 현기증이 나면서 하늘이 무너지는
것도 같고 땅이 꺼지는 것도 같았다. 몸이 아파서 일찍
문을 닫는다고 창문에 써 붙여놓고 집으로 향했다.

아들도 집에 와 있었다. 그 여자의 방을 들여다보았
다. 가져갈 것은 다 가져갔고 쓰레기만 남았다. 아들을
시켜 경찰에 신고하라고 했다. 경찰에서 신고는 받아

주었지만 별다른 조처는 없었다.

아들의 낙담은 옆에서 보기에도 딱하리만치 커서 맥 빠진 사람처럼 까부라져 있었다. BMW 새 차도 아들의 돈으로 사 줬다고 했으나 돈이 문제가 아니었다. 아들은 제 방에 들어가 이불을 뒤집어쓰고 누워있다. 입은 상처가 이만저만이 아닌 것으로 보였다.

아내는 넋 나간 사람처럼 멍하니 앉아 창밖만 바라보고 있다. 저녁때가 다 됐는데도 밥 지을 생각도 하지 않는다.

때마침 전화가 걸려 왔다. 황당하게도 닥터 리의 전화다.

— *아버님. 저 때문에 걱정이 많으시지요?*

거의 울먹이며 차분히 말을 이어갔다.

— *오해가 있는 것 같아서요. 이야기를 들어보시면 이해하실 거예요.*

울먹이다 못해 흐느끼는 소리가 들렸다.

'어! 이거 뭐라고 해야 하지? 불쌍한 것도 같고 우울한 것도 같은데, 저것도 쇼겠지. 소리를 질러야 하나? 아니면 모르는 척해야 하나? 감이 잡히질 않네. 일단 집으로 돌아오게 유도해야 할 것 같은데…. 감정을 자

제하고 말해야지.'

— 그래, 걱정은 뭐, 나는 너만 믿고 있다.

없는 말이지만, 말은 그렇게 했다.

— 저는 민호 씨를 무척 사랑하거든요. 아버님, 어머님께도 그
렇고 그이에게도 만나서 설명하면 이해하실 거로 믿고 있
어요. 저녁에 '장독대' 레스토랑으로 함께 나오시지요. 거기
서 자세히 말씀드릴게요.

'야, 이거 도둑이 제 발로 걸어 들어오겠다니 어떻게
해야 하나? 이 판국에 망설일 게 뭐가 있어. 그래도 태
연한 척은 해야지.'

— 그러지 뭐. 그럼 거기서 만나.

강 씨는 전화를 끊고 무릎을 '탁' 쳤다.

— 여보, 빨리 준비해. 식당에서 만나기로 했으니 나가서 그년
을 잡아 경찰에 넘기자고.

아내를 재촉했다. 아들에게는 경찰에 연락해서 이참
에 잡아넣으라고 했다. 아들은 좋아하는 건지, 시무룩한
건지 종잡을 수 없는 표정을 짓고 있더니 한마디 한다.

— 숙희 씨를 감옥에 넣을 수는 없잖아요?

'어, 이건 또 무슨 소리야? 이 녀석, 아직도 미련을
못 버렸나? 그년이 사기꾼인데, 당장 감옥에 넣어야 먹

은 돈을 게워낼 게 아니야.'

— 감옥에 들어간 다음 빼내면 될 거 아니냐. 걱정하지 말고 어
서 전화해.

아들은 마지못해 경찰에 이 사실을 알렸다.

— 경찰에서 뭐라고 하디?

— 현장에 형사를 내보낼 테니 모르는 척하고 그녀를 만나래요.

— 그래, 바로 그거야. 자, 준비하고 가자. 너, 그년 앞에서 내
색해서는 안 돼. 이건 어디까지나 작전이니까.

아들은 묵묵부답이었으나 작전은 작전대로 하기로
했다.

식당에 앉아서 그녀를 기다렸다. 저녁 식사 시간이
어서 들락거리는 손님이 그런대로 많았다. 형사가 어딘
가에 숨어 있을 것이다. 강 씨 가족은 아무것도 모르
는 척하고 그녀가 나타나기만 기다렸다. 그러나 시간이
지났는데도 그녀는 오지 않았다. 전화를 걸었으나 꺼
져 있었다. 바쁜 식당에서 자리만 차지하고 앉아서 아
무것도 시키지 않는 것이 주인 보기에 민망하다는 생
각에 가슴이 조여들었다. 할 수 없이 우리 먼저 시키기
로 했다. 어쩌면 잠복 형사 냄새를 맡고 사라졌을지도
모를 일이라는 생각도 들었다.

저녁을 다 먹도록 닥터 리는 나타나지 않았다. 전화를 걸어 보았으나 전화는 계속 꺼져 있었다. 후식을 먹는데 아들의 전화가 울렸다. 형사라고 했다. 형사는 닥터 리가 집 열쇠를 가지고 있느냐고 물었다. 그렇다면 빨리 집으로 가 보란다.

강 씨 가족은 부랴부랴 집으로 달렸다.

집에 와서 그것도 아내가 옷을 갈아입겠다고 마스터 침실로 들어가더니 "으악!" 하고 소리를 지르는 바람에 알았다. 방안을 벌집 쑤셔놓은 듯 흩트려놓았다. 아내는 징징 울면서 여기저기를 들춰 본다. 그동안 세금 한 푼 안 내고 차곡차곡 모아둔 현금다발이 다 없어지고 말았다. 아들과 강 씨는 징징 울면서 온갖 분노를 다 터트리는 아내를 물끄러미 바라보고만 서 있었다.

엄마의 징징 우는 모습을 지켜보고 서 있는 아들의 휴대폰이 요란하게 울렸다. 주임 형사로부터 걸려온 전화였다.

이미 직감하고 집 앞에서 잠복근무하다가 집을 털고 나오는 여인을 체포했으니 경찰서로 와서 장물을 확인하란다.

후 기

캘리포니아에 코로나 대피령이 내려진 때가 3월이었다.

코로나19 팬데믹으로 넉 달도 넘게 자가 격리를 겪게 되었다. 자가 격리는 강제로 일상생활 패턴을 바꿔야 했고, 그러면서 새로운 패턴에 적응하느라 애도 먹었다. 지루한 시간을 동산에 나가 걷는 것으로 보냈다. 오전에 한 번, 오후에 한 번. 하루에 두 차례 걷는 것이 일상이 되었다.

여름이라고 해도 덥지 않고 봄날 같아 먼 목장 길을 걸었다.

지난겨울에는 비가 유난히도 적게 오더니, 풀이 자라지 못했다. 작년 그끄께는 풀이 정강이를 넘도록 컸기 때문에 풀밭으로 걸어 들어가지도 못했다. 올해는 풀이 자라지 못해서 아무 데나 막 걸어도 잔디를 밟는 것 같다. 비 대신 강풍이 몰아치더니 나무 밑에 삭정이가 널브러져 있다. 바람은 죽은 삭정이란 삭정이는 다 떨어트리고 지나가면서 새 가지를 뻗어 새로운 삶을 살라고 당부한다. 마치 코로나19가 세대교체를 이루기 위해 노인에게는 치명적이듯이….

현대 미디어는 지구 구석구석에서 어떤 일이 벌어지는지 실시간으로 다 보여 준다.

불타는 파리의 노트르담 성당을 생중계 방송으로 보기도 했고, 세월호가 뒤집히는 모습을 지켜보며 안타까워하기도 했다. 하지만 미디어가 요즘처럼 사람을 공포로 몰고 간 예는 없었다. 이미 알고 있듯이 미디어는 과장되게 부풀려서 보도하는 나쁜 습성을 가지고 있다.

그렇더라도 코로나바이러스의 공포는 생명과 직결되는 전염병이어서 겁먹지 않을 수 없다.

공포 뉴스에 우리가 과도하게 반응한다고 생각하지는 않는다. 실제로 코로나19는 무서운 전염력을 가지고 있고 우리는 거기에 무방비로 노출되어 있다. 코로나바이러스가 3달 만에 온 지구를 점령하리만치 무서운 전염력을 가지고 있다는 사실에 주목해야 한다.

뉴스는 공포 분위기를 조성하고 우리는 코로나보다 미디어 공포에 휩싸여 산다. 공포도 전염성이 강해서 이야기를 나누면 나눌수록 점점 더 공포 분위기로 빠져든다.

백신도 없고 치료 방법도 없다는 게 공포의 시작이다.

― *모두 집 안에 머물러라. 10명 이상 모이지 마라. 사람과 사람 사이에 6피트 거리를 두어라.*

6피트(2미터)란 간격은 어디서 나왔나?

Fox 뉴스 토론에서 의료인이 말했다. 의과 대학에서 공부할 때 독감에 안 걸리려면 6피트 거리를 두라고 배웠단다. 코로나 사태가 벌어지면서 실제로 MIT에서 실험해 본 결과 6피트는 충분하지 못하다. 한번 기침하면 침방울이 12피트도 더 날아간다. 27피트 거리를 두어야 감염으로부터 자유롭다는 게 연구 결과다. 답답하더라도 마스크를 써야 하는 이유이다.

사실이 이러니 겁먹지 않을 수 없다. 코로나바이러

스가 사람만 잡아먹는 게 아니다. 도쿄 올림픽도 코로나바이러스에 녹다운되지 않았더냐?

일찍이 어느 전쟁도 지구를 멈추게 하지는 못했다. 그러나 코로나바이러스가 일순간에 그 일을 해냈다. 장하다고 해야 하나? 어처구니없다고 해야 하나.

집에서 머무는 것도 하루 이틀이지, 주야장천 머물다 보면 지치기 마련이다. 까딱 잘못하다가는 우울증에 걸리게 생겼다. 운동도 할 겸, 우울증에 안 걸리려면 하루에 한두 번은 햇볕을 쬐며 들로, 산으로 헤맨다.

어떤 때는 한 시간, 한 시간 반, 적어도 45분 이상은 헤매고 다닌다. 뒷산에 가 보면 나만 나와 다니는 게 아니다. 다른 사람들도 나와 비슷한 심정이리라. 오가다 사람을 만나도 멀찌감치 피해 다닌다. 피하면서 당신이 싫어서 피하는 게 아니라는 메시지를 보낸다. 손을 흔들고 미소를 보인다. 들에 나와서 걷는 동안은 공포에서 벗어난다.

공포 분위기가 곧 가시리라는 희망이 있어서 견디는 거지….

평생 이렇게 지내야 한다면 어찌 살겠는가? 살다 보

니 참 이상한 세월도 다 보겠다.

그런가 하면 코로나19 팬데믹이 좋은 면도 있는데, 나를 방에다 묶어놓고 글이나 쓰라고 감시하더라는 점이다.

은퇴하면서 글을 써 보고 싶다는 생각에 얽매여 헤어나지 못했다.

글을 쓰고 싶다는 욕망은 수그러들 기미를 보이지 않고 갈수록 더욱더 깊어만 갔다. 어떤 목표나 뜻을 세운 것도 아니고 어려서 이루지 못한 꿈이 있었던 것도 아니다. 그냥 쓰고 싶었을 뿐이다.

욕망은 나를 문학 수업으로 이끌었고 경희사이버대학 문예창작과를 최고령자로 졸업하게도 만들었다.

인간의 욕구 중에서 가장 질긴 욕구는 남들에게 인정받는 욕구이다. 젊어서 이뤄놓은 게 많으면 인정이야 덤으로 오는 거겠지만, 쌓아놓은 스펙(specification)도 없는 나에게는 글이라도 열심히 써서 남들에게 발표하는 것도 인정받는 길이었다.

후일, 써놓았던 글이 내게 좋게 읽히면 남들도 좋다고 인정하고 사랑해 주더라.

글 쓰는 재미는 묘해서 한번 빠져들면 헤어나기 힘들고 자신감과 희망도 덤으로 가져다준다.

나중에 오웰의 「나는 왜 쓰는가」를 읽다가 알게 된 사실이지만, 오웰은 글을 쓰는 중요한 동기로 허영심을 꼽았는데 나는 그 허영심이라는 단어에 크게 공감했다. 그가 말하는 허영심이라는 것은 '지식인으로 보이고 싶은 심정, 남들에게 알려지고 싶은 마음, 사후에 기억되고 싶은 욕심, 젊었을 때 나를 무시했던 사람들에게 앙갚음하고 싶은 보복 심리' 등 여러 가지 일의 종합 세트 같은 것들을 글로써 해소하려는 심리가 작동한 것이 일종의 허영심이라고 했다.

허영심 말고도 한 가지 덧붙이고 싶은 말이 있는데 내게는 참기 어려운, 하고 싶은 이야기가 있더라는 사실을 실토한다.

나는 한국과 미국의 두 나라 국적을 소유한 이중국적이다. 내가 가장 사랑하는 나라는 한국이고 그다음으로 사랑하는 나라는 미국이다. 한국에서 6개월 살고 미국에서 나머지 세월을 산다. 한국에서의 삶과 미국의 삶은 같을 수 없으므로 한국에서 글을 쓸 때와 미국에서 글을 쓸 때, 나도 모르게 다른 생각을 하면서 쓰게 된다. 장소를 옮기면 인식과 분별이 달라지기도 한다.

문학도 사람 따라 이민 간다. 사람 따라 이민 간 이야기를 쓰고 싶고 비행기 타고 한국으로 다시 돌아온 이야기도 쓰고 싶다.

단일 문화권에서 겪는 경험과 다양한 문화권에서의 체험은 그 폭과 깊이가 다르다. 한 민족의 문화가 몸에 배어있는 상태에서 다양한 문화와 부딪칠 때 파생되는 생경한 느낌을 그려 보고 싶다.

시간은 하나님이 주시는 가장 위대한 선물이다.

단편소설을 여러 편 썼지만, 책으로 묶기는 이번이 처음이다.

쓰기만 했지 덜어내지 않으니 더는 진전이 없는 것 같아서 단편집으로 묶어내기로 했다.

창작집을 내는 게 처음이어서 두려움이 앞선다. 두렵고 막막한 것은 처음 가는 길이어서일 것이다. 그래도 책으로 묶어내고 싶은 까닭은 미국 이민 세대의 애환과 삶이 녹녹지 않았다는 걸 말해 주고 싶은 이유도 있고, 그보다도 한 시대를 살고 가는 미국 동포의 삶에서 애환, 고민, 목표가 무엇이었는지 기록하고 싶었다.

같은 코로나19 사태도 한국과 미국에서 맞이하는 분위기가 다르고 대처하는 방법도 다르다.

문화적 차이에서 오는 현상이겠으나 나는 한국 사회와 미국 사회를 동시에 살고 있으므로 양쪽의 잘잘못을 볼 수 있다. 눈에 보이는 다름을 이야기하고 싶다.

같은 미국 시민이면서도 미국인과 같이 어울리지 못하고 사는 이방인으로의 삶이 어떠한지 들려주고도 싶다.

작품은 작가가 살아온 지역이 배경이 된다는 것을 경험을 통해서 안다. 내가 살아온 곳이 샌프란시스코 지역이어서 내 소설의 배경도 이곳이 대부분이다. 이것은 장점이 될 수도 있고 단점이 될 수도 있다. 나만이 쓸 수 있는 소설을 쓴다는 것이 장점이 되겠고, 독자들에게 생소한 이야기가 될 수 있다는 게 단점일 수도 있다. 이런 것들을 염두에 두고 신경을 썼다고나 할까?

무엇보다 경험의 힘을 당해낼 글은 없는 것으로 안다. 가능하면 경험을 살려 글에 녹아나도록 애썼다.

내가 가장 사랑하는 나라는 한국이다. 그 다음이 미국이다. 하지만 가장 좋아하는 나라는 미국이다. 사랑하는 것과 좋아하는 것은 다르다. 많은 친구 중에서 사랑하는 친구는 하나이어야 하지만 좋아하는 친구는 많을수록 좋다. 사랑은 손해라는 느낌이 들지 않는 것이지만, 좋아하는 건 손해 본다는 느낌이 들 때도 있다. 내게 있어서 한국은 돈을 써야 하는 나라이고 미국은 돈을 벌어야 하는 나라다. 한국에 갈 때마다 돈을 쓰고 오지만 손해라는 생각은 들지 않는다.

오히려 더 썼으면 하는 생각뿐이다.

내가 좋아서 미국에서 살지만, 몸에 배어있는 한국 문화는 씻어버릴 수 없다. 나만 그런 게 아니라 이민자들이 다 그렇다. 내가 한국 문학에 굶주려 한국 작품을 읽고 한글로 쓰는 이유는 몸에 절어있는 한국 문화를 드러내지 못하고 사는 숙명 때문이다.

사실 이런 이야기들도 다 핑계에 불과하다. 정확히 말하자면 글이 쓰고 싶어서 썼을 뿐이다.

그저 끝없이 쓰고 싶을 뿐이다.

소망이 있다면 진실 같은 거짓말, 숨겨진 진실을 드러내는 글을 쓰고 싶다.